홍계월전

왜 남자로
살고
싶었을까?

물음표로
따라가는
인문고전

14

홍계월전

왜 남자로
살고
싶었을까?

글 박진형 | 그림 순미

지학사아르볼

시대에 맞선
여성 영웅의 이야기

"아들은 이리 같더라도 오히려 약해질까 염려스럽고, 딸은 쥐 같더라도 오히려 범 같아질까 두렵다."

조선의 제9대 왕인 성종의 어머니 인수 대비(1437~1504)가 펴낸 《내훈(內訓)》(1475년)이라는 책의 한 구절입니다. '안쪽의 가르침'이란 제목의 뜻처럼, 이 책은 딸과 며느리들이 앞으로 펼쳐질 사회에 잘 적응할 수 있도록 지침을 주기 위해 쓰였습니다. 참고로 《내훈(內訓)》은 우리나라 최초의 여성 교육서로 꼽힌답니다.

책 속 구절을 통해 우리는 당시 남녀에게 요구되는 특성을 알 수 있습니다. 남성은 (차라리 이리처럼 교활할지언정) 항상 강인해야

하고, 반대로 여성은 (차라리 쥐처럼 약삭빠를지언정) 호랑이처럼 기가 세면 안 되며 늘 조신하고 순종적이어야 한다는 것이지요.

사실 고려 시대만 해도 여성의 지위는 그리 낮지 않았습니다. 남자 형제들과 재산을 똑같이 나눠 상속받았고, 이혼이 좀 더 자유로웠으며, 남편이 죽은 뒤 개가(다른 남자와 결혼함)하는 것도 흔한 일이었으니까요.

그러나 조선이 건국되면서 상황은 바뀝니다. 유교 이념과 성리학이 확대되며 여성은 재산 상속에서 제외되고, 제사에도 참석할 수 없게 됩니다. 마땅한 직업을 가질 수 없는 데다 재산까지 물려받을 수 없게 되었으니, 여성은 경제적으로 '종속된 삶'을 살 수밖에 없었지요. 게다가 남편이 죽으면 3년 동안 개가할 수 없었고, 시간이 지날수록 개가는 사회적 비난의 대상이 됩니다.

특히 양반의 경우가 심했는데요. 양반가 처녀들은 대문 밖을 나서는 것도 자유롭지 못했고, '삼종지도(三從之道), 즉 어려서는 아버지를 따르고, 시집가서는 남편을 따르고, 남편이 죽은 뒤에는 아들을 따른다는 이념을 익혀야만 했습니다. 그래서일까요? 당시엔 딸을 낳으면 이름에 '순할 순(順)' 자를 넣는 경우가 많았다고 하지요. 딸을 또 낳으면 '또순이'라 짓기도 했고요. 한 인간이 어떻게 행동해야 할지를 이름에서부터 규정지은 셈입니다.

하지만 성별에 따라 인간의 행동 양식을 규정짓는 게 바람직할까요? 또한 당시 여성들은 꿈을 펼치고자 하는 소망이 없었을까요? 물론 그렇지 않을 겁니다. 그리고 문학의 역할은 사회에 문제의식을 제기하는 것이지요.

《홍계월전》은 여성 영웅의 이야기이자, 남성 중심이라는 시대적 한계를 벗어난 작품입니다. 주인공 계월은 당당하고도 적극적입니다. 그녀는 자기 목소리를 내는 데 주저하지 않고, 남편과 갈등할지언정 태도를 굽히지 않습니다.

또한 전쟁에 나가 적을 물리치며 자신의 능력을 유감없이 발휘하지요. 높은 벼슬에 올라 남편을 무릎 꿇리고 호통치는 모습은 통쾌하기까지 합니다. 그렇기에 이 작품은 당시 여성 독자들로부터 큰 인기를 끌었습니다. '주체적인 삶'을 산 계월의 모습은 지금도 빛나 보이네요.

고전(古典)은 창문과도 같습니다. 우리는 창문 밖 풍경을 바라보며 여러 경험을 할 수 있지요. 세상이 어떻게 돌아가는지 알 수 있고, 안과 바깥의 차이에 대해 생각해 볼 수도 있으니까요. 또한 '현재 내가 있는 곳이 최선일까? 뭔가 변화가 필요하진 않을까?'라며 스스로 되물을 수도 있답니다. 여러분도 《홍계월전》을 읽으며 그런 생각

들을 해 보길 바랍니다. 과거를 통해 현재를 바라보고, 미래를 준비
할 수 있도록 고전은 우리에게 길을 보여 주니까요.

● **박진형**

Part 1 │ 고전 소설 속으로

고전을 아름다운 그림과 함께 담아냈습니다. 원전에 충실하면서도 어려운 단어를 최대한 줄이고 쉽게 풀이하여, 재미난 이야기를 마주하듯 술술 읽을 수 있도록 했습니다.

Part 2 | 물음표로 따라가는 인문학 교실

고전은 오늘의 우리를 비추는 거울이며, '인문학'을 담고 있는 그릇입니다. 이 책은 고전의 재미를 더하고, 우리 고전을 인문학적인 관점에서 바라볼 수 있도록 구성되었습니다.

● 고전으로 인문학 하기

고전 소설을 읽고 나면 머릿속에는 여러 질문들이 떠올라요. 물음표에 대한 답을 따라가 보세요. 배경지식이 쑥쑥 늘어날 거예요.

● 고전으로 토론하기

고전의 내용에 기반한 가상 대화가 이어집니다. '고전으로 토론하기'를 통해 다르게 생각하는 힘을 길러 보세요.

● 고전과 함께 읽기

함께 읽으면 더욱 좋은 문학, 영화, 드라마 등을 소개합니다. 비슷한 주제가 다른 작품에서는 어떻게 표현되었는지 살펴보고 생각의 폭을 넓히세요.

차례

Part 1 | 고전 소설 속으로

Part 2 | 물음표로 따라가는 인문학 교실

홍
계
월
전

고전 소설 속으로

우리 고전 소설의
재미와 **감동**을
오롯이 느껴 봅시다.

●

이 아이는 다섯 살에 부모와 이별할 것입니다.

하지만 큰 벼슬에 오르고, 부모도 다시 만날 것이니

너무 걱정하진 마십시오.

●

전란으로
부모와 헤어지다

중국 명나라에 홍무라는 사람이 있었다. 학식이 뛰어났던 그는 어린 나이에 과거에 급제해 이부 시랑이라는 벼슬에 올랐다.

홍무는 모든 일을 공평하게 처리했다. 하지만 간신들의 모함이 계속되었기에, 벼슬을 내놓고 고향인 형주로 돌아와 농사를 지으며 살았다.

세월이 흐를수록 집안 살림은 조금씩 나아졌고, 부인 양씨와도 금실이 좋았다. 하지만 자식이 없는 것에 늘 마음이 걸렸다. 하루는 아내가 말했다.

"우리 나이가 곧 마흔입니다. 그런데 아직도 자식이 없는 게 허전합니다. 나이가 더 들면 누구에게 의지하며, 지하에 계신 조상을

무슨 면목으로 뵙겠습
니까? 모든 게 다 제 탓입니다."

아내의 걱정에 홍무가 위로하며 말했다.

"모두가 다 내 팔자라오. 어찌 부인을 탓하겠
소? 분명 좋은 일이 있을 테니, 조금만 더 기다려 봅
시다."

그러던 어느 날이었다. 부인이 망월루에 올라 달을 구경하던
중, 잠시 졸음이 밀려와 난간에 기대었다. 그러자 하늘에서 아리따
운 선녀가 내려와 말했다.

"부인께 인사드립니다. 소녀는 옥황상제의 시녀입니다. 죄를
짓고 인간 세상으로 내려와 갈 곳을 몰라 하던 중, 부처님께서 이
곳으로 가라고 하셔서 오게 되었습니다."

그러면서 선녀는 부인의 몸으로 쏙 들어갔다. 부인은 깜짝 놀라
잠에서 깼다.

"아, 이것은 틀림없이 태몽이로다."

부인은 크게 기뻐하며 홍무에게 방금 있었던 일을 이야기했다.
남편 역시 크게 기뻐하며 아내를 더욱 가깝게 대했다.

과연 그날부터 몸에 태기가 느껴졌다. 그리고 열 달 뒤 아기가
태어났다. 온 집 안에 향내가 진동하더니, 하늘에서 선녀 하나가

내려와 향기로운 물로 아이의 몸을 씻겼다.

"부인께서는 이 아이를 잘 길러 먼 훗날 복을 받으소서. 머지않아 다시 뵐 날이 있을 것입니다."

아이는 곱고도 예쁜 딸이었다. 부부는 아이의 이름을 계월(桂月)*이라 짓고, 귀한 보석처럼 아껴 주었다.

계월은 아름답고도 총명했다. 홍무는 계월의 장래가 궁금해 관상을 잘 본다는 곽 도사를 찾아갔다. 도사는 계월의 얼굴을 한참 보더니 말했다.

"이 아이는 다섯 살에 부모와 이별할 것입니다. 하지만 큰 벼슬에 오르고, 부모도 다시 만날 것이니 너무 걱정하진 마십시오. 그 후로는 천하에 이름을 떨칠 것입니다."

그 말을 들은 홍무는 깜짝 놀랐다.

"다섯 살에 이별한다는 게 무슨 말입니까?"

그러자 도사는 고개를 저었다.

"그것밖에 아는 게 없습니다. 게다가 천기(天機)*를 누설하진 못하니 더 이상 말씀드리기 어렵습니다."

* **계월** 계수나무가 있는 달.
* **천기** 하늘의 기밀.

도사는 인사를 하고 물러났다. 걱정이 된 홍무는 부인에게 이 사실을 전하고, 계월에게 남자 옷을 입혀 생활하게 했다. 홍무는 한탄하며 말했다.

"네가 만일 남자로 태어났다면 우리 가문을 크게 빛냈을 텐데……. 참으로 안타깝도다."

세월이 흘러 계월이 다섯 살이 되었다. 마침 홍무는 멀리 사는 친구를 만난 뒤 집으로 돌아오고 있었는데, 어디선가 북소리와 고함이 들려왔다. 깜짝 놀라 주위를 둘러보니 수많은 사람이 뛰어가고 있었다.

"아니, 대체 무슨 일이오?"

홍무는 한 사람을 잡고 물어보았다. 그는 다급한 표정으로 대답했다.

"소식 못 들으셨소? 북방 절도사인 장사랑이 반란을 일으켰다오. 십만 군사를 이끌고 이쪽으로 오면서 백성을 죽이고 재산을 약탈한다오."

"이럴 수가……. 어찌 이런 일이 있단 말인가!"

"당신도 여기 있으면 목숨을 건지기 어려울 것이오. 빨리 피하시오."

홍무는 가만히 있을 수는 없었기에, 서둘러 짐을 챙겨 산속으로 몸을 피했다. 하지만 부인과 계월을 생각하니 마음이 답답했다.

한편 부인은 남편이 돌아올 날이 지났는데도 오지 않는 게 걱정되었다. 그녀는 밤늦게까지 마당을 서성였다. 그때 시녀 양윤이 급하게 뛰어 들어왔다.

"마님, 큰일 났습니다!"

"왜 그러느냐? 도대체 무슨 일이냐?"

"북방의 도적들이 쳐내려오면서 백성들을 무수히 죽이고 있답니다."

부인은 가슴이 철렁했다.

"그게 정말이냐?"

"그렇습니다. 사람들이 전부 피란을 떠나는 중입니다."

부인은 온몸에 힘이 쭉 빠지는 것을 느꼈다. 남편이 지금까지 돌아오지 않은 건 도적들에게 죽임을 당해서일지 모른다는 생각이 들었다. 부인은 옆에 계월을 앉히고 눈물을 흘렸다.

"대감께서 돌아가셨다면 내가 살아서 무엇 하겠느냐? 스스로 목숨을 끊겠다."

그러자 양윤은 부인을 말렸다.

"아직은 대감께서 살아 계신지 아닌지, 알지도 못하는 상황입니다. 그런데 어찌 이러십니까? 마님께선 먼저 몸을 피하십시오. 그 후에 대감을 찾아보는 게 좋을 것 같습니다."

듣고 보니 맞는 말이었다. 부인은 계월을 양윤의 등에 업히고 남쪽으로 피란을 갔다. 그러나 십 리도 못 가 큰 강이 앞을 가로막았다. 부인은 하늘을 바라보며 눈물을 흘렸다.

"이제 어디로 가야 한단 말인가. 차라리 이 강에 빠져 죽으리라."

그때 강 저편에서 작은 배 한 척이 나타났다. 안에는 아리따운 선녀가 타고 있었다.

"부인께선 진정하소서. 어서 이 배에 오르소서."

하늘의 도움이라 여긴 부인은 감사해하며 양윤과 계월을 데리고 배에 올랐다. 선녀는 미소 지으며 말했다.

"부인은 소녀를 알아보시겠습니까. 계월을 낳으실 때 뵈었던 게 저입니다."

그제야 부인은 정신을 차리고 자세히 보았다.

"제 눈이 어두워 지금껏 몰라 뵈었습니다. 이제야 생각이 납니다. 그날 헤어진 뒤로도 생각이 간절했는데, 오늘 이렇게 저희를 구해 주시니 은혜를 어찌 갚겠습니까?"

그러자 선녀가 말했다.

"아닙니다. 소녀가 늦게 왔다면 구하지 못할 뻔했습니다."

그리고는 노를 저었다. 배는 순식간에 강 너머에 도착했다.

"부인께선 옥체*를 소중히 보존하소서."

선녀는 이들을 내려 주고는 다시금 멀리 사라졌다. 부인은 마음 깊이 감사해하며 갈 길을 재촉했다.

강 건너편에는 갈대가 무성했는데, 그 사이로 정자 하나가 보였다. 양윤은 밥을 얻으러 마을로 가고, 부인과 계월은 정자에 앉았다. 그때 저 멀리서 큰 배 한 척이 다가왔다. 배 안에는 십여 명의 도적들이 타고 있었다. 크게 놀란 부인은 계월을 안고 수풀 속으로 숨었다.

"여인 하나가 앉아 있다가 우리를 보고 숨었다. 어서 찾아라."

배에서 내린 도적들은 갈대밭을 샅샅이 뒤지기 시작했다. 부인은 급히 도망쳤지만 곧 잡히고 말았다. 도적들은 양씨 부인과 계월을 두목 맹길에게 끌고 갔다.

"내 이런 여인을 얻다니 하늘이 도왔구나."

맹길은 크게 기뻐하며 말했다.

"도망치지 못하도록 팔다리를 묶고, 아이는 돗자리에 싸서 강물에 던져 버려라."

"안 된다. 이게 무슨 짓들이냐!"

부인은 통곡하며 온몸으로 거부했다. 하지만 도적들의 힘을 이

* **옥체** 남의 몸을 높여 이르는 말.

겨 낼 재간이 없었다.

"풍덩!"

계월은 곧바로 강물에 던져졌다.

"계월아! 계월아!"

물에 떠내려가는 아이를 바라보며 부인은 절규하다가 그만 기
절하고 말았다.

한편 밥을 얻어 오던 양윤은 부인의 통곡 소리를 듣고는 깜짝
놀라 달려왔다. 곧 상황을 파악하고는 그릇을 내던지며 눈물을 흘
렸다.

"아…… 이것이 어인 일이요. 차라리 올 때 물에나 빠져 죽었더
라면 이런 일을 당하지 아니하였을 텐데……."

그러고는 물에 뛰어들려고 했다. 그러나 곧바로 도적들에게 붙
잡혀 부인과 함께 배에 실렸다.

본거지로 돌아온 맹길은 부인과 양윤을 방에 가둔 뒤 춘랑을 불
렀다.

"내가 두 여자를 데려왔다. 네가 좋은 말로 달래서 나에게 순종
하게 만들어라."

춘랑은 방으로 들어가 부인에게 물었다.

"어쩌다 이곳에 오셨습니까?"

부인은 눈물을 흘렸다.

"죽게 된 제 인생을 살려 주소서."

그리고 지금까지 겪은 일을 이야기했다. 특히나 계월이 물에 떠내려가던 모습을 떠올리니 가슴이 찢어질 듯 아팠다. 이야기를 모두 들은 춘랑은 부인을 위로했다.

"참으로 힘든 일을 겪으셨습니다."

그러고는 부인의 손을 잡으며 말했다.

"본래 저는 도적의 계집이 아닙니다. 일찍 부모를 여의고 이놈에게 잡혀 온 것이지요. 모진 목숨이라 지금까지 죽지도 못하고, 고향만 생각했습니다. 그러나 맹길은 사람을 많이 죽이고 사나워서 혼자 도망치기 어려웠지요. 오늘에야 부인을 만나니 어찌 보면 이것도 하늘이 도운 것 같습니다. 저에게 계책이 있으니 함께 도망치는 게 어떻겠습니까?"

부인은 고개를 끄덕이며 눈물을 닦았다.

그날 밤 도적들은 술과 고기를 푸짐하게 차려 놓고 큰 잔치를 벌였다. 특히나 두 여인을 잡아 온 것을 좋아하며 서로들 먹고 마셨다.

어느덧 밤이 깊었다. 춘랑은 방으로 몰래 들어와 부인과 양윤에게 말했다.

"지금 도적들이 잠들어 있습니다. 서문을 열어 두었으니 어서 도망갑시다."

셋은 즉시 그쪽으로 향했다. 문을 열고 허겁지겁 도망쳤지만 정신이 아득해 앞으로 나아가기 힘들었다. 어느새 해는 점점 밝아 왔고, 강가에선 기러기 우는 소리가 들렸다. 갈대밭으로 들어갔지만 큰 산과 강 때문에 더 이상 나아갈 수 없었다. 부인은 털썩 주저앉아 눈물을 흘렸다.

"길이 보이지 않는 데다 날도 이미 밝았습니다. 이제 어찌해야 합니까?"

그때였다. 갈대밭 속에서 한 여승이 나오더니 부인에게 고개 숙여 인사했다.

"참으로 기이한 일이도다. 부인께서는 어찌 이런 험한 곳에 오셨습니까?"

부인은 지난 일들을 이야기했다.

"상황을 들으니 참으로 안타깝습니다. 소승은 일봉암이라는 암자*에서 왔습니다. 배에 양식을 싣고 근처를 지나다가 울음소리를 듣고는 이곳으로 왔습니다. 어서 소승을 따라오도록 하십시오."

부인은 여승에게 감사하며 양윤, 춘랑과 함께 배에 올랐다.

---

* **암자** 큰 절에 딸린 작은 절.

한편 맹길은 세 여인이 사라진 것을 알고 부하들과 함께 추격했다. 그들은 여승과 여인들이 탄 배를 발견했지만, 너무나 빨라 따라잡을 수 없었다.

배는 어느새 승경문 밖에 도착했다. 여승은 일행을 절로 데리고 갔다. 길가에 활짝 핀 꽃들을 바라보고, 짐승들의 울음소리를 들으니 부인의 마음이 울적해졌다. 절에선 한 노승이 그들을 맞았다.

"부인께선 무슨 일로 이 산중에 오셨습니까?"

"저는 형주 땅에 사는 양씨입니다. 난리 통에 남편과 딸을 잃고 도적에게 잡혀갔다가 스님의 도움을 받아 구사일생으로 이곳에 오게 되었습니다. 장차 부처님께 제 몸을 의지하면서 남편과 딸이 무사하기를 빌고자 합니다."

그 말을 들은 노승은 불쌍하게 여기며 말했다.

"그렇다면 이 절에서 지내도록 하십시오."

부인은 크게 감사해하며 머리를 깎고 목욕재계한 뒤 남편과 딸을 위해 기도했다.

"부처님이시여, 부디 남편과 계월을 다시 볼 수 있도록 도와주소서."

양윤과 춘랑 역시 함께 머리를 깎은 뒤 부인 곁을 지켰다.

여공은 계월을 집으로 데리고 와서

평국이란 이름을 지어 주었다.

그러고는 친자식처럼 정성껏 길렀다.

여공의 도움으로

목숨을 건지다

계월은 물에 둥둥 떠내려가며 울음을 터뜨렸다.

"저는 이미 속절없이 죽은 몸입니다. 어머님께선 아무쪼록 목
숨을 보존하셔서 아버님을 꼭 만나시길 바랍니다."

그때였다. 무릉포에 사는 여공이란 사람이
아이 우는 소리를 듣고는 강가에 나왔다가
계월을 발견했다. 깜짝 놀란 그는 서둘
러 계월을 건져 올렸다.

"너는 어쩌다가 강물에 빠졌느냐?"

"어떤 사람이 어머니를 납치하고, 저를 물에 던졌습니다."

여공이 그 말을 듣고는 아마도 틀림없이 수적(水賊)*을 만났으리라고 생각했다.

"너는 몇 살이고 이름은 무엇이냐?"

"나이는 다섯 살이고, 이름은 계월입니다."

"네 아버님은 누구시냐? 그리고 어디에 사느냐?"

"남들이 아버님을 부르기를 홍 시랑이라 하였습니다. 제가 살던 곳은 모르겠습니다."

'음…… 시랑이라 하니 분명 양반의 자식일 것이다.'

계월이 사내아이 옷을 입고 있었기에, 여공은 아이가 양반가의 아들일 거라 생각했다. 하지만 아이가 살던 곳을 모르니 도저히 찾을 길이 없었다.

마침 여공에겐 보국이라는 아들이 있었다. 아들이 이 아이와 함께 지내면 좋을 것 같다는 생각이 들었다.

"마침 내 아들과도 나이가 동갑이구나. 그러니 우리와 함께 생활하도록 하자꾸나."

여공은 계월을 집으로 데리고 와서 평국이란 이름을 지어 주었

* **수적** 바다나 큰 강에서 남의 재물을 강제로 빼앗아 가는 도둑.

다. 그러고는 친자식처럼 정성껏 길렀다.

세월이 흘러 평국과 보국은 일곱 살이 되었다. 둘 다 행동이 비범하며 총명하기 그지없었다. 여공은 두 아이를 가르치기 위해 스승을 찾았다. 그리고 마침 명현동의 곽 도사가 뛰어나다는 말을 듣고 그곳으로 찾아갔다.

도사는 초당*에 앉아 있었다. 여공은 두 아이를 데리고 가 인사드렸다.

"저는 무릉포에 사는 여공이라고 합니다. 늦은 나이에 아들 둘을 두었습니다. 도사님께 아이들의 가르침을 청하고자 합니다."

곽 도사는 아이들을 바라보더니 이윽고 말했다.

"둘은 친형제가 아닌 것 같구려."

여공이 그 말을 듣고는 깜짝 놀라 말했다.

"도사님의 지인지감(知人知鑑)*이 참으로 놀랍습니다."

그러자 도사가 고개를 끄덕이며 말했다.

"이 아이들을 잘 가르쳐 세상에 이름을 빛내겠소."

이에 여공은 감사해하며 집으로 돌아왔다.

＊ **초당** 억새나 짚 따위로 지붕을 인 조그마한 집채.
＊ **지인지감** 사람을 잘 알아보는 능력.

한편 산속으로 몸을 피했던 홍무는 반란군에게 잡히고 말았다. 반란군 우두머리인 장사랑은 홍무의 뛰어난 학식을 보고는 차마 죽이지 못했다.

"차라리 우리 편이 되는 것이 어떤가?"

제안을 거절한다면 곧바로 목숨을 잃을 터였다.

'아…… 이를 어찌할 것인가. 내가 죽으면 부인과 딸도 볼 수 없게 될 텐데…….'

마음의 갈등을 겪던 홍무는 결국 거짓으로 항복했다. 사기가 높아진 반란군은 황제가 있는 황성으로 향했다. 그러나 황제의 군대는 반란군을 물리쳤고, 홍무는 포로로 잡혔다. 이 사실을 알게 된 황제는 홍무를 불러 물었다.

"그대는 이부 시랑이었던 홍무 아닌가? 어찌 그대가 여기에 있는가?"

"참으로 황송하옵니다. 소인은 피란하여 산속에 숨어 있다가 도적에게 잡혔습니다."

홍무는 눈물을 흘리며, 살기 위해 거짓으로 반란군에 항복한 내역을 밝혔다.

"참으로 안타까운 일이다. 하지만 차라리 죽을지언정 어찌 도적의 무리에 들었는가. 옛일을 생각해 유배*를 보내겠노라."

홍무는 유배를 떠난 지 여덟 달 만에 벽파도에 도착했다. 이 섬엔 오직 풀과 나무만이 무성했을 뿐, 아무도 살지 않았다.

"아아…… 가족도 만나지 못하고 만리타국에서 죽게 되었으니 이런 팔자가 어디 있으리오."

홍무는 섬에 홀로 남겨졌다. 그는 굶주림을 견디지 못해 물가에서 죽은 물고기를 주워 먹고, 바위에 붙은 굴을 따 먹었다. 시간이 지날수록 옷은 해지고, 수염과 머리털은 수북하게 자라 마치 짐승처럼 변해 갔다.

* **유배** 죄인을 귀양 보내던 일.

이때 부인은 절에서 눈물로 세월을 보내고 있었다. 하루는 꿈에 선녀가 나타나 말했다.

"부인께선 어찌 남편과 딸을 찾지 않습니까? 벽파도라는 섬에 가면 남편을 만날 수 있을 것입니다."

몹시 놀란 부인은 꿈에서 깼다. 그리고 양윤과 춘랑에게 이 사실을 전했다.

"가다가 죽는 한이 있어도 길을 떠나고자 하오."

그녀의 뜻은 확고했다. 부인은 노승에게도 눈물을 흘리며 인사드렸다.

"제가 스님의 도움을 받아 목숨을 보존할 수 있었습니다. 그 은혜를 어찌 잊겠습니까? 지난밤 꿈속에서 남편의 행방을 들었으니, 이는 모두 부처님 덕분입니다. 이제 곧 떠나려고 합니다."

노승은 안타까워하며 말했다.

"저도 부인을 만난 후로 많은 일을 의지했습니다. 이제 이별하게 되었으니 슬픈 마음을 어찌하겠습니까?"

그러면서 요긴하게 쓰라며 은전이 든 주머니를 건네주었다. 부인은 스님께 감사드리며 양윤, 춘랑과 먼 길을 떠났다.

일행은 발걸음을 재촉해 산을 내려갔다. 높은 봉우리는 눈앞에 펼쳐져 있고, 풀과 나무는 무성했으며, 멀리서는 두견새 울음소리가 들려왔다. 세 여인은 어디로 가야 할지 모른 채 계속 앞으로 나아갔다.

다행히 저 멀리에 마을이 보였다. 그들은 사람들에게 벽파도가 어디 있는지 물었다. 하지만 아는 사람이 아무도 없었다.

이곳저곳을 헤매던 세 여인은 마침내 옥문관*에 이르렀다. 그곳에는 바위 위에 앉아 물고기를 낚는 사람이 있었다. 양윤이 다가가 물었다.

"실례합니다. 저기 보이는 섬의 이름은 무엇입니까?"

그러자 남자가 말했다.

"저 섬은 벽파도라고 합니다."

깜짝 놀란 양윤이 물었다.

"저곳에 사람이 살고 있습니까?"

"원래는 사람이 살지 않는 무인도입니다. 그런데 삼 년 전쯤 어떤 사람이 유배를 왔다고 들었습니다. 움막을 짓고는 짐승들 속에서 혼자 살고 있답니다."

부인은 그가 분명 홍무일 것이라 생각했다. 하지만 섬까지 갈 배가 없었다. 어쩔 수 없이 물가에 서 있는데, 저 멀리서 작은 배 한 척이 다가왔다. 양윤이 소리쳤다.

---

* **옥문관** 중국 감숙성 돈황 서쪽에 있는 옛 관문. 서쪽 국경 지역의 관문을 말함.

"저희는 일봉암에 사는 여승들입니다. 벽파도에 가고자 하나 배가 없어서 이렇게 기다리고 있었습니다. 마침 하늘이 도와 이렇게 배를 만났으니, 부디 한 번만 태워 주십시오."

측은한 마음이 들었는지 사공은 세 여승을 태워 주었다. 잠시 후 배는 벽파도에 도착했다. 세 여인은 강가를 돌아다니며 이곳저곳을 살폈다. 그때 누추한 옷에 털로 가득 덮인 흉측한 사내가 굴속으로 들어가는 모습을 보았다. 양윤이 급히 따라가 외쳤다.

"잠시만 기다리십시오!"

남자는 깜짝 놀라 뒤를 돌아보았다.

"아니, 이 섬에 나를 찾아올 사람은 없을 텐데, 스님께선 어찌 오셨습니까?"

"소승은 일봉암에서 왔습니다. 간절히 묻고 싶은 게 있습니다."

"그게 무엇입니까?"

"소승의 고향은 형주 구계촌입니다. 장사랑의 난을 만나 피란을 다니던 중인데, 저의 주인님께서 이 섬에 있다는 이야기를 들었습니다."

남자는 눈을 크게 뜨고는 다시 물었다.

"방금 형주 구계촌이라 하였소? 그곳 누구의 집에서 온 것이오?"

"소승은 홍 시랑 댁 양윤입니다."

그러자 남자는 양윤의 손을 덥석 잡으며 눈물을 흘렸다.

"아아, 양윤아! 나를 알아보지 못하겠느냐? 내가 바로 홍 시랑이다."

양윤 역시 깜짝 놀라며 눈물을 흘렸다.

"주인 어르신! 제가 지금에야 알아보았습니다! 마님께선 강가에 앉아 계십니다."

홍무는 허겁지겁 강가로 향했다. 부인은 털이 무성하고 곰 같은 사람이 자신에게 달려오는 것을 보고는 깜짝 놀라 도망치려 했다.

"놀라지 마시오, 부인. 나요. 계월의 아비 홍무란 말이오."

부인은 그 남자가 남편임을 알아차리고는 통곡하다가 기절하고 말았다. 그 광경을 지켜보던 양윤과 춘랑 역시 슬프게 울었다.

잠시 후 정신을 차린 부인은 지금까지 있었던 일을 남편에게 전했다. 피란을 가다가 도적을 만난 일, 계월은 물에 빠지고 자신은 납치당한 일, 춘랑의 도움을 받아 탈출해 중이 된 일, 부처님의 도움으로 남편이 벽파도에 있다는 꿈을 꾼 일 등이었다. 계월이 물에 빠져 죽었다는 이야기를 들은 홍무는 땅을 치며 통곡했다. 한참 뒤, 간신히 마음을 다잡은 그 역시 지금까지 겪은 일을 전했다. 그리고 아내의 목숨을 구해 준 춘랑에게 깊이 감사해했다.

이들은 노승이 준 은자로 양식을 사서 생활을 이어 갔다. 그러나 죽은 계월을 생각하니 마음이 무거웠다.

·

황제는 크게 기뻐하며 평국을 대원수로, 보국을 중군장으로 임명했다.
또한 평국에게는 장수 천여 명과 팔십만 군사를 지휘하게 했다.

·

평국이란 이름으로
세상에 나아가다

계월은 평국이란 이름으로 살면서 보국과 함께 글을 배웠다. 그
녀는 한 자를 가르치면 열 자를 알 정도로 총명했다. 곽 도사는 이
런 평국을 칭찬했다.

"하늘이 너를 보내신 건 모두 나라와 백성을 위해서이다. 그러
니 어찌 천하를 근심하겠는가."

평국과 보국은 문장과 더불어 무예도 익혔다. 검술과 병법*을
배웠는데, 특히나 평국은 뛰어난 재능을 보였다.

세월이 흘러 평국과 보국 모두 열세 살이 되었다. 도사는 두 아

---

* **병법** 군사를 지휘하여 전쟁하는 방법.

이를 불러 말했다.

"군대를 지휘하는 법은 다 배웠으니 이제부턴 도술을 가르치겠다. 여기에는 바람과 구름을 다루는 법부터 해서 수많은 비법이 담겨 있다."

그러면서 둘에게 책 한 권을 주었다. 평국은 밤낮을 가리지 않고 연마했다. 그리하여 불과 세 달 만에 모든 비법을 익힐 수 있었다. 그러나 보국은 일 년을 배워도 어려워했다. 곽 도사는 평국의 뛰어난 재능을 바라보며 흐뭇해했다.

둘 다 열다섯 살이 되었다. 황제는 어진 신하를 얻고자 과거 시험을 열었다. 곽 도사는 평국과 보국을 불러 말했다.

"이제 곧 과거를 본다 하니, 부디 이름을 빛내거라."

그러고는 여공에게 아이들의 과거 시험을 준비하도록 전했다. 여공은 즉시 짐을 꾸리고 말 두 필과 하인을 준비했다. 평국과 보국은 하직 인사를 드리고 장안으로 떠났다.

이윽고 시험날이 되었다. 시험장에는 전국에서 모인 인재들이 가득했다. 글의 주제가 발표되자 평국과 보국은 조금의 망설임도 없이 물 흐르듯 글을 써냈다. 문장은 마치 용이 날아오르는 것처럼 당당하고도 활기찼다. 평국이 가장 먼저 답안을 제출하고, 그다음으로 보국이 제출했다. 글을 읽은 황제는 크게 감탄했다.

"이 글을 보니 그 재주를 알겠구나!"

며칠 후 합격자 발표가 났다. 평국은 장원으로, 보국은 부장원으로 뽑혔다. 하인이 급히 달려와 소식을 알렸다.

"도련님, 두 분께서 지금 참방(參榜)*하였습니다. 궁에서 부르니 서두르십시오."

평국과 보국은 크게 기뻐하며 궁궐로 들어가 황제에게 절을 했다. 황제는 두 사람의 손을 잡으며 칭찬했다.

"너희를 보니 진정한 천하의 영웅이로구나. 짐의 근심이 사라지는 것 같도다. 앞으로 최선을 다해 짐을 도와라."

* **참방** 과거에 급제하여 합격자 명부에 이름이 오르는 일.

황제는 평국을 한림학사로, 보국을 부제후로 임명했다. 평국과 보국은 어사화*를 꽂고, 황제로부터 받은 명마(名馬)를 탄 후 궁 밖으로 나왔다. 몸에 걸친 비단옷과 허리에 두른 옥띠는 화려했으며, 온갖 악기와 노랫소리가 분위기를 더욱 흥겹게 만들었다. 둘의 당당한 행차를 지켜보며 사람들은 칭찬을 아끼지 않았다.

　　"하늘의 신선이 내려온 것 같구나!"

　　문득 평국이 눈물을 흘리며 보국에게 말했다.

　　"그대는 부모님 모두 살아 계시니 이런 영광을 보여 드릴 수 있구려. 그러나 나는 부모님을 뵐 수 없으니 어찌하겠는가."

　　보국 역시 이를 안타까워했다.

　　며칠 후 둘은 황제의 허락을 받아 부모님께 인사드리러 갔다. 고향에 있던 여공 부부는 크게 기뻐하며 둘을 맞았다. 보국은 얼굴이 보름달처럼 밝았지만, 평국은 슬픈 빛이 역력했다. 그 마음을 알아챈 여공이 평국을 위로했다.

　　"너무 슬퍼하지 말거라. 모두가 하늘에 달린 일이다. 언젠가는 부모님을 만날 날도 오지 않겠느냐?"

　　그러자 평국은 여공에게 절하며 말했다.

　　"강물에 빠져 죽을 운명이던 저를 구해 주셔서 지금까지 올 수

---

* **어사화** 과거에 급제한 사람에게 임금이 하사한 꽃.

있었습니다. 그 은혜는 결코 잊지 않겠습니다."

여공을 비롯한 모든 사람들은 평국을 칭찬했다. 둘은 명현동으로 가서 곽 도사께도 인사를 드렸다. 곽 도사 역시 크게 기뻐하며 둘을 반겼다.

그날 저녁이었다. 곽 도사가 여느 때처럼 산에 올라 하늘의 기운을 살피는데, 모든 별이 황제의 별을 둘러싸고 있었다. 놀란 곽 도사는 두 제자를 급히 불렀다.

"불충한 무리들이 황성을 침범하려 드는구나. 곧 나라에 변란이 일어날 것이다. 너희는 급히 궁으로 돌아가 국가를 보존하고 황제와 백성을 구하도록 해라."

그러면서 봉인한 편지 한 장을 평국에게 주었다.

"만약 전장*에서 죽을 위기에 처하거든 반드시 이 편지를 뜯어보거라."

평국과 보국은 급히 말을 몰아 궁궐로 향했다. 마침 이때 옥문관 수비 대장이 보낸 장계(狀啓)*가 궁에 도착했다.

＊ **전장** 전쟁터.
＊ **장계** 신하가 중요한 일을 황제에게 보고하는 문서.

서달이라는 자가 반란을 일으켜 십만 군사를 이끌고 쳐들어왔습니다. 이미 북쪽 칠십여 개의 성이 넘어갔습니다. 제 힘으로는 도저히 감당할 수 없으니, 황제께서는 부디 뛰어난 장수를 보내 저들을 막으십시오.

크게 놀란 황제는 신하들을 모아 놓고 말했다.

"그대들은 어서 대원수*로 마땅한 사람을 천거*하라."

그러자 신하들이 말했다.

"평국이 비록 나이는 어리지만 재주가 뛰어난 데다 무예가 비범합니다. 그러니 그에게 도적을 막게 하는 게 좋을 듯합니다."

황제는 고개를 끄덕이고는 즉시 사람을 보내려 했다. 그때 마침 궁궐의 수문장으로부터 연락이 왔다.

"아룁니다. 한림과 부제후가 막 이곳에 도착했습니다."

황제는 둘을 어서 궁 안으로 들이도록 했다. 평국과 보국이 들어와 무릎을 꿇자 황제는 말했다.

"그대들은 들으라. 짐이 어질지 못하여 반란이 일어났도다. 도적들이 북쪽 칠십여 개 성을 치고 마침내 이곳까지 다가오고 있다.

---

* **대원수** 국가의 모든 군사를 통솔하는 최고 책임자.
* **천거** 인재를 어떤 자리에 추천하는 일.

여러 신하들이 그대들을 천거하여 이곳에 부르고자 했는데, 마침 하늘이 도와 그대들이 먼저 왔으니 마음이 든든하구나. 둘은 즉시 군사를 이끌고 도적을 토벌한 뒤 백성을 구하도록 하라."

그러자 평국과 보국은 고개를 숙이며 말했다.

"비록 소신들의 재주가 미천하지만, 폐하의 뜻에 따라 도적을 토벌하고 성은에 보답하겠습니다. 너무 걱정하지 마시옵소서."

황제는 크게 기뻐하며 평국을 대원수로, 보국을 중군장*으로 임명했다. 또한 평국에게는 장수 천여 명과 팔십만 군사를 지휘하게 했다.

대원수 평국은 황금 투구를 쓰고 빛나는 갑옷을 입었다. 허리에는 긴 칼을 차고 왼손에는 채찍, 오른손에는 깃발을 들어 군대를 지휘했다. 평국은 모든 군사를 한 치의 빈틈도 없이 정렬시켰다. 이 모습을 본 황제는 크게 기뻐했다.

"대원수의 용병술*이 이토록 대단하니 내 어찌 도적을 근심하겠는가!"

그러고는 대장의 깃발에 친히 '한림학사 겸 대원수 홍평국'이라는 글을 써서 하사했다. 부대의 위엄은 나날이 높아만 갔다.

---

* **중군장** 중심 부대의 지휘관.
* **용병술** 전쟁에서, 군사를 지휘하여 전투를 승리로 이끌기 위한 여러 가지 방법이나 기술.

행군한 지 세 달 만에 부대는 옥문관에 도착했다. 관문을 지키던 병사들은 지원군이 온 것을 보고는 크게 기뻐하며 문을 열었다. 이곳 수비 대장은 평국에게 예를 갖추고 깍듯이 모셨다.

"대원수께서 먼 길 오시느라 고생 많으셨습니다."

"적의 상황은 어떠한가?"

"도적들의 형세가 철통같습니다. 감히 공격하기 어렵습니다."

평국은 직접 들판으로 나가 반란군의 진영*을 살폈다. 수많은 깃발이 바람에 나부꼈고, 날카로운 창검은 하늘을 찌를 듯 솟아 있었다. 그러나 평국은 조금도 걱정하지 않았다. 그는 모든 병사를 모아 놓고 다시 한 번 엄중히 호령했다.

"전장에서는 항상 명령에 따르도록 하라. 이를 어기는 자는 군법에 따라 엄벌에 처하겠다."

다음 날 평국은 말을 몰아 적진 앞으로 나아갔다.

"적장은 들어라. 폐하의 은혜로 모든 백성이 평화롭게 살고 있거늘, 반역을 일으키다니 하늘이 두렵지도 않느냐? 너희는 목을 길게 빼고 내 칼을 받아라. 죽음이 두렵거든 어서 항복해라."

쩌렁쩌렁 울려 퍼지는 평국의 말엔 태산을 움직일 듯한 위엄이

---

* **진영** 군대가 진을 치고 있는 곳.

담겨 있었다. 반란군 장수 악대는 평국의 말에 격분해 급히 뛰쳐나왔다.

"젖비린내도 가시지 않은 어린놈이구나. 하룻강아지 범 무서운 줄 모른다더니, 네가 어찌 나를 당하겠느냐!"

악대가 칼을 휘두르자, 평국도 칼을 뽑아 받아쳤다. 맞부딪히는 칼 소리가 치열하게 울려 퍼졌다. 십여 합*을 겨루었지만 승부는 쉽게 나지 않았다.

적진에 있던 서달은 둘의 대결을 유심히 지켜보았다. 악대의 몸동작은 점점 둔해지는 반면, 평국의 칼 놀림은 처음과 같이 빠르고도 매서웠다.

"어서 징을 쳐라."

서달은 부하들에게 명령했다. 징 소리가 나자 악대는 말 머리를 돌려 진영으로 도망쳤다. 평국 역시 분함을 머금고 본진으로 돌아왔다. 본진에 있던 군사들은 평국의 용맹을 칭찬했다.

"원수의 칼 솜씨는 참으로 대담합니다. 마치 봄날의 버들가지가 바람에 흔들리는 것처럼 부드러우면서도, 가을날 초승달이 검은 구름을 베는 것처럼 날카롭습니다."

그때 중군장 보국이 나섰다.

---

* **합** 칼이나 창으로 싸울 때, 칼이나 창이 서로 마주치는 횟수를 세는 단위.

"내일은 제가 나가서 악대의 머리를 베어 오겠습니다."

그러나 평국은 고개를 저었다.

"악대는 평범한 장수가 아니다. 중군장은 물러나 있으라."

그러나 보국은 그 말을 들으려 하지 않았다. 몇 번이나 굽히지 않고 자신의 뜻을 간청하자 평국은 그에게 물었다.

"중군장이 자청해서 공을 세우려고 하는구나. 만약 적장의 목을 베어 오지 못하면 어떻게 하겠느냐?"

"그렇다면 군법에 따라 저를 처벌하소서."

"진정으로 하는 말이냐?"

"그렇습니다."

보국은 자신감을 내비쳤다. 이에 평국은 고개를 끄덕였다.

"그렇다면 허락하마. 다만 네가 한 말에는 스스로 책임져야 할 것이다. 부디 적을 가볍게 여기지 말거라."

이튿날 아침, 말에 오른 보국은 적진으로 다가가 외쳤다.

"나는 명나라 중군장 보국이다. 어제는 우리 대원수께서 악대 너를 불쌍히 여겨 용서하였도다. 그러나 오늘 나는 너를 벨 것이다. 그러니 어서 나와 내 칼을 받아라."

그러나 악대는 나오지 않고, 긴 창을 든 다른 장수가 나와 달려들었다. 하지만 두 수 만에 보국의 칼에 목이 베였다. 의기양양해하며 보국이 다시 크게 외쳤다.

"악대야! 애매한 장수만 죽이지 말고 어서 나와 항복해라!"

이번에도 다른 장수가 말을 박차고 나왔다. 적은 삼십여 합을 싸우다가 패한 척하며 본진으로 달아났다. 보국은 그를 놓치지 않겠다는 생각으로 급히 추격했다. 그러다가 들판 한복판에 이르자 매복해 있던 수많은 병사들이 함성을 지르며 보국을 에워쌌다.

'아뿔싸! 적의 계략에 넘어갔구나!'

놀란 보국은 정신없이 칼을 휘두르며 퇴로*를 열고자 했다. 하지만 겹겹이 쌓인 포위망은 뚫리지 않았다. 이제 꼼짝없이 죽게 된 보국은 하늘을 바라보며 탄식을 내쉬었다.

'아아, 여기까지인가…….'

* **퇴로** 뒤로 물러날 길.

그때였다. 어디선가 우레와 같은 고함 소리가 들렸다.

"이놈들아! 나의 중군장을 해치지 마라!"

물결을 헤치듯 무수한 적을 쓰러뜨리며 한 장수가 보국을 향해 말을 내달렸다. 평국이었다.

평국은 한 손으로 보국을 잡아 옆구리에 끼웠다. 그리고 칼을 쥔 다른 손으로 수십 명의 적들을 베며 말을 몰아 본진으로 돌아갔다. 그 당당한 기세에 적들은 감히 덤벼들 수 없었다.

멀리서 이 모습을 지켜보던 서달은 악대를 돌아보며 한숨을 쉬었다.

"아…… 명나라에는 하늘이 내린 인재가 있구나! 저자를 누가 당하겠는가."

한편 무사히 돌아온 평국은 보국을 땅에 내던지며 외쳤다.

"중군장을 묶어라."

가을날 서릿발 같은 매서운 명령이었다. 호위 무사들은 서둘러 보국을 잡아다 원수 앞에 무릎 꿇렸다.

"듣거라. 내가 말렸음에도 불구하고 너는 출전의 뜻을 굽히지 않았다. 게다가 악대의 목을 베긴커녕, 계략에 빠져 죽을 뻔했다. 이 얼마나 수치스러운 일이냐! 내가 너를 구한 건 더러운 적군의 손에 죽는 것을 막고, 군법에 따라 너를 다스리기 위해서였다. 너는 처형당하는 것을 서러워하지 마라."

그러고는 큰 소리로 명을 내렸다.

"중군장을 끌어내 목을 베어라!"

이 말에 깜짝 놀란 주위의 장수들은 무릎을 꿇고 대원수에게 간청했다.

"중군장의 죄는 군법으로 다스리는 게 마땅하옵니다. 다만 적을 가볍게 여기다 단 한 번 실수를 한 것이니 이 점을 살피소서. 또한 적군 여럿을 벤 그의 공로도 생각해 용서를 베푸소서."

다들 바닥에 머리를 조아리며 보국에게 용서를 베풀 것을 간청했다. 평국은 속으로 웃음이 나왔다. 그는 고개를 끄덕이고는 다시 보국을 불러 말했다.

"그대를 베어 모두의 본보기로 삼으려 했건만, 여러 장수들이 너를 용서해 줄 것을 거듭 간청하는구나. 내 이들의 체면을 보아 이번 한 번만 용서토록 하겠다. 이제는 경거망동하지 말거라."

이에 보국은 거듭 머리를 조아리고 사죄하며 물러났다. 다음 날 평국은 말에 올라 적진 앞에 섰다.

"어제는 우리 중군장이 패하였다. 오늘은 내가 나서서 어제의 분함을 씻겠다. 어서 나와라!"

잠시 후 긴 칼을 든 악대가 진영 문을 열고 평국에게 달려들었다. 둘의 싸움은 치열했다. 칼날이 맞부딪치는 소리가 끊이지 않았고, 말발굽에선 먼지가 일었다.

그때였다. 빈틈을 놓치지 않은 평국의 칼이 악대의 몸 안쪽을 파고들었다. 그리고 단숨에 가슴을 꿰뚫었다.

악대가 죽자 적진은 술렁였다. 서달 역시 그 모습을 지켜보며 분노를 참지 못했다.

"이제 명장 악대가 죽었으니 누가 평국을 잡겠는가!"

그러자 곁에 있던 장수 철통골이 아뢰었다.

"제게 평국을 잡을 계교가 있습니다. 아무리 용맹하다 해도 이를 알아채긴 어려울 것입니다."

"오오…… 그것이 무엇이냐?"

철통골은 서달에게 은밀한 계략을 설명했다.

"과연! 아주 좋은 생각이구나. 이 기회를 놓치지 말아야 한다."

그날 밤 철통골은 부하 장수들에게 명령을 내렸다.

"너희는 즉시 군사 삼천 명을 이끌고 천문동에 매복하라. 내일 평국을 그곳으로 유인할 것이니, 그가 골짜기 안으로 들어가면 입구를 막고 사방에서 불을 질러라."

다음 날 철통골은 명군 진영 앞으로 나와 외쳤다.

"어제 악대가 실수하여 죽었지만, 내가 복수를 하겠다. 평국은 어서 나와 칼을 받아라."

평국은 즉시 밖으로 나가 철통골과 승부를 겨루었다. 철통골은 평국의 칼을 막기에 급급했다. 겨우 몇 수 만에 그는 천문동 방향으로 도망쳤다.

평국은 그를 쫓아 말을 달렸다. 얼마나 따라갔을까? 날은 점점 저물고 아무런 인기척도 없었다.

'이상하구나. 혹시 적의 함정이 아닐까?'

평국은 말 머리를 돌려 온 길로 되돌아가고자 했다.

그때였다. 갑자기 큰불이 일어나며 주위를 에워쌌다. 불꽃은 활활 타올랐고 평국이 있는 방향으로 조여 왔다. 주위를 돌아보았지만 빠져나갈 길이 보이지 않았다.

'어려서 잃은 부모님을 뵙지도 못하고 이곳에서 죽게 되었구나.'

평국은 하늘을 바라보며 한탄했다. 그러다 문득 스승이 주신 편지가 떠올랐다. 평국은 급히 봉투를 열어 보았다.

편지 안에 부적들을 넣었다. 불길을 만나거든 이 부적을 동서남북 방향으로 하나씩 던지고 용(龍) 자를 세 번 외치거라.

평국은 스승께 감사해하며 부적을 사방에 날리고 용을 세 번 불렀다. 그러자 서쪽에서 큰바람이 일더니 검은 구름이 몰려들며 천둥 번개가 내리쳤다. 곧 소나기가 퍼부었고, 모든 것을 태워 버릴

것만 같던 불길은 삽시간에 가라앉았다.

시간이 흘러 불이 완전히 꺼지자, 하늘에는 휘영청 달이 떠올랐다. 평국은 말을 몰아 서둘러 본진으로 향했다.

그런데 이상한 일이었다. 본진이 있던 자리에는 명나라 군사는 물론 서달의 적병도 보이지 않았다.

'내가 죽은 줄 알고 보국이 군대를 후퇴시켰구나.'

그때 옥문관 쪽에서 함성이 들렸다. 평국이 급히 말을 몰아가자, 철통골이 성문 앞에서 외치고 있었다.

"명나라 녀석들아! 성안에 틀어박혀 있지 말고 나와서 내 칼을 받아라. 너희 원수는 이미 불에 타서 잿더미가 됐다. 이제 어찌 우리를 당하겠느냐!"

그 말에 평국은 분노가 치솟았다.

"네 이놈들! 불에 타 죽었다는 평국이 여기 와 있다!"

그러고는 번개같이 달려들어 적들의 머리를 베었다. 그 모습을 본 철통골은 깜짝 놀랐다.

"이게 어찌 된 일이냐? 그 불구덩이에서 벗어났단 말인가?"

평국의 기세는 멈출 줄 몰랐다. 그가 지나는 곳마다 칼이 번쩍이며 수십 명씩 죽어 나갔다.

철통골은 서달에게 말했다.

"지금으로선 평국을 당할 수 없습니다. 병사들의 사기도 꺾여 이대로는 패할 것입니다. 우선은 도망쳤다가 세력을 모아 승부를 겨루는 게 나을 듯합니다."

서달은 철통골의 말을 받아들여 장수 몇 명을 이끌고 벽파도로 피신했다.

한편 옥문관에 있던 보국과 군사들은 희미한 달빛 속에서 적과 싸우는 한 장수를 보았다. 군사들이 보국에게 말했다.

"아무래도 저 장수는 대원수인 것 같습니다."

"정말 그렇단 말이냐?"

보국은 평국이 이미 불 속에서 죽은 줄로 알고 있었다. 그랬기에 놀라움과 반가움을 금할 수 없었다.

"어서 나가 보자."

보국은 병사를 이끌고 관문 밖으로 나섰다. 가까이 다가가 보니 분명 평국이었다. 보국은 한걸음에 달려가 무릎을 꿇었다.

"소장 보국입니다! 저희는 대원수께서 돌아가신 줄 알았습니다. 이렇게 무사하신 걸 보니 하늘이 도우신 것 같습니다."

평국은 말에서 내려 보국의 손을 잡고 진영으로 들어갔다. 그리고 불 속에서 살아날 수 있었던 이유를 설명했다. 보국은 스승의 신통력에 감탄하였다.

"서달이 벽파도로 도망갔다고 합니다."

"이미 들었다. 내일 아침 곧바로 놈들을 추격할 것이다."

평국은 군사들에게 출발 준비를 명했다.

•

"어머니! 제가 바로 계월입니다!"

•

극적으로
부모를 다시 만나다

　다음 날 새벽, 평국은 군사를 이끌고 벽파도로 향했다. 배에 오른 군사들은 당당하고도 위엄이 넘쳤다. 평국이 살아온 데다 반란군을 격퇴할 생각에 이들의 사기는 하늘을 찌를 듯했다.

　잠시 후 벽파도에 도착한 평국은 즉시 적들을 수색했다. 반란군 무리는 몸을 숨기기 바빴지만, 도망칠 곳은 없었다. 모든 적을 잡으니 섬에는 환호성이 울려 퍼졌다.

　잠시 후 서달을 비롯한 반군의 장수들이 평국 앞에 끌려왔다.

　"너희들은 나라를 어지럽히고 백성들을 고통스럽게 만들었다. 그 죄는 용서할 수가 없다."

　평국이 이들을 매섭게 꾸짖을 때였다. 한 병사가 다급히 들어와 무릎을 꿇었다.

"대원수께 아룁니다! 어떤 남자가 세 여인과 함께 산속에 숨어 있었습니다. 적들과 내통했을지도 몰라서 잡아 왔습니다."

"그래? 어서 이곳으로 데려오거라."

잠시 후 누추한 차림의 한 남자와 세 여인이 평국 앞에 대령했다. 이들은 곧바로 바닥에 무릎 꿇렸다. 다들 잔뜩 겁에 질린 표정이었다.

사실 이들은 홍무와 양씨 부인, 양윤, 춘랑이었다. 홍무 부부는 이곳에 초막*을 짓고 하루하루를 힘겹게 살고 있었다. 그런데 어젯밤 반란군들이 섬으로 들어오는 걸 보고는 놀라서 몸을 숨겼다. 그리고 오늘 아침, 명나라 군사들에 의해 발견된 것이었다.

평국은 이들이 자신의 부모라는 걸 꿈에도 생각하지 못했다. 이들 역시 평국이 자신의 딸이라는 것을 전혀 알지 못했다.

"입은 옷을 보니 너희는 명나라 사람인 것 같구나. 그런데 어찌하여 적병과 함께 있었느냐? 바른대로 말해라."

평국의 추궁에 다들 몸이 벌벌 떨리며 정신이 아늑해졌다. 홍무는 눈물을 흘리며 말했다.

"소인은 예전에 명나라에서 벼슬을 하던 사람입니다. 그러나 모

---

* **초막** 풀이나 짚으로 지붕을 이어 조그마하게 지은 막집.

함을 받아 벼슬을 내려놓고 고향에 돌아가 농사를 지었습니다. 그러다 장사랑의 난을 만나 포로가 되고 말았습니다. 목숨을 부지하고자 그들과 함께했는데, 그 잘못으로 이곳에 귀양을 왔습니다."

이에 평국은 크게 소리쳤다.

"너는 황제를 배반하고 역적에게 붙었다. 그것만으로도 죽어 마땅한 죄이지만, 폐하께선 특별히 용서하시어 이곳에 유배를 보내셨다. 그 은혜를 잊지 말아야 하거늘 너는 또다시 도적과 내통했으니 어찌 살기를 바라느냐?"

그러자 곁에 있던 부인이 땅을 치며 통곡했다.

"애고애고, 이것이 어쩐 일이더냐! 계월아, 너와 함께 강물에 빠져 그때 함께 죽었으면 이런 비참한 일을 보지 않았을 것을! 하늘이 날 밉게 여겨 모진 목숨 지금까지 살다가 이런 일을 겪게 하는구나!"

부인의 말에 평국은 흠칫 놀랐다. 그는 주위의 모든 장수와 병사들을 막사 밖으로 물리치고, 부인에게 다가가 조용히 물었다.

"방금 계월과 함께 죽지 못해 한이 된다고 했는데, 계월은 누구이고 그대의 성은 무엇인가?"

부인은 마음을 진정시키고 대답했다.

"저희는 형주 땅 구계촌에 살았습니다. 저 사람은 제 남편이며 시랑 벼슬을 하였기에 홍 시랑이라고 불렸습니다. 계월은 저희 부

부의 딸이며, 장사랑의 난 때 물에 빠져 죽었습니다."

부인의 말을 듣는 순간, 평국은 벼락에 맞은 것처럼 온몸을 움직일 수 없었다. 눈물이 펑펑 흘러내리며 앞을 가렸다.

"어머니! 제가 바로 계월입니다!"

갑작스런 평국의 말에 다들 놀란 표정을 지었다. 평국은 무릎을 꿇고 어떻게 된 일인지 설명했다. 헤어진 이후로 지금껏 남자의 몸으로 살아왔으며, 과거에 급제한 뒤 현재에 이르기까지 겪은 우여곡절을 상세히 아뢰었다.

"네가 정녕 계월이구나!"

부인은 계월의 얼굴을 어루만지며 와락 부둥켜안았다. 홍무 역시 딸을 꼭 껴안았다. 셋은 서로를 얼싸안고 슬프게 통곡했다.

잠시 후 계월은 부모를 진정시키고, 곁에 있던 양윤의 손을 잡으며 말했다.

"너는 나를 언제나 따뜻하게 보살펴 주었다. 네 등에 업혀 자라던 게 엊그제 같구나. 내가 강물에 떠내려갈 때 애통하게 부르짖던 네 목소리가 아직도 생생하다. 죽을 고비를 여러 번 넘기면서도 어머니 곁을 지킨 네가 참으로 고맙구나."

양윤은 계월의 말에 감격하며 눈물을 흘렸다. 계월은 춘랑에게도 감사를 표했다.

"부인이 아니었으면 어머니를 만나지 못했을 것입니다. 이 은혜를 어찌 갚겠습니까?"

"아닙니다. 미천한 사람을 이렇게 관대히 대해 주시니 몸 둘 바를 모르겠습니다."

춘랑은 고개를 숙이며 부끄러워했다.

계월은 자신이 여자임을 밝혀서는 절대로 안 된다고 이들에게 당부했다. 그러고는 막사 밖에 있던 보국을 불렀다.

"이 사람이 여공의 아들이자, 소자와 동문수학*하던 보국이옵니다."

그리고 보국에게도 자신의 부모를 소개했다. 홍무는 급히 일어나 보국의 손을 잡으며 말했다.

"그대의 부친 덕에 죽은 자식을 다시 만났으니, 이 은혜를 어찌 갚아야 할지 모르겠네."

"아닙니다. 평국의 아버님이라면 제 아버님과도 같습니다. 인사를 받으십시오."

보국은 예를 다해 절을 올렸다.

다음 날 아침 평국은 모든 장수를 모아 놓은 뒤 서달을 데려오게 했다. 잠시 후 그가 와서 꿇어앉았다. 평국은 근엄하게 말했다.

* **동문수학** 한 스승 밑에서 함께 학문을 배우거나 수업을 받음.

"너의 죄는 이루 말할 수 없이 크다. 그러나 네가 이곳으로 왔기에 나는 부모님을 만날 수 있었다. 은혜를 베풀어 놓아줄 테니 다시는 허튼 생각을 하지 말거라."

서달은 머리를 거듭 조아리며 눈물을 흘렸다.

"제가 어리석어 감히 죽을죄를 지었습니다. 원수께서 베푸신 아량을 결코 잊지 않겠습니다."

평국은 서달을 고향으로 돌려보낸 뒤 황제에게 편지를 보냈다.

한림학사 겸 대원수 평국이 글을 올립니다. 적장 서달이 벽파도로 도망쳤기에, 그들을 쫓아 전부 소탕하였습니다. 서달은 항복했고, 폐하의 은혜를 입어 다시는 반란을 일으키지 못할 것입니다. 그리고 고국으로 돌아가 매년 조공을 바치기로 하였습니다.

한 가지 더 아뢸 말씀이 있습니다. 뜻밖에도 이곳에서 어릴 때 생이별했던 부모님을 만났습니다. 제 아버지는 장사랑의 난에 연루돼 이곳으로 귀양 온 홍 시랑입니다. 폐하, 부디 제 벼슬을 거두시고 아버지의 죄를 용서하여 주소서. 이제 신은 아비와 함께 고향에 돌아가 남은 삶을 살고자 합니다.

편지를 받은 황제는 크게 기뻐했다.

"평국이 북방을 평정한 데다 부모까지 만났구나! 이 모든 건 하늘이 도왔기 때문이다. 이제 평국을 우승상으로 삼고 홍무에게도 벼슬을 내릴 것이다. 그러니 어서 황궁으로 오도록 하라."

황제는 홍무에게 위국공이란 벼슬을 내리고, 양씨 부인에게도 정렬부인의 칭호를 내렸다.

"짐이 어질지 못해 평국의 아비를 먼 외딴섬으로 유배 보냈구나. 그곳에서 고생하다가 하늘의 도움으로 아들을 만나게 되었으니, 짐이 어찌 그를 돕지 않겠는가."

황제는 위국공과 부인을 정중히 모셔 오도록 멋진 가마와 궁녀 삼백 명을 보냈다. 적을 물리친 데다 황제의 은혜까지 입고 돌아오는 평국의 부대는 당당하기 그지없었다.

궁에 도착한 평국은 부모와 헤어진 일에 대해 자세히 설명했다. 황제는 고개를 끄덕이며 말했다.

"어려서 물에 빠져 죽을 뻔한 걸 여공이 구해 지금까지 잘 키웠으니, 그의 공이 무척이나 크구나."

황제는 여공을 불러 큰 벼슬을 내렸다. 여공은 황제께 깊이 감사드리며 홍무 부부에게도 인사드렸다. 홍무는 여공의 손을 잡으며 말했다.

"어진 마음으로 평국을 구하신 것도 너무나 감사한데, 지금까지 친자식처럼 길러 주셨으니 이를 어찌 보답하겠습니까?"

"아닙니다. 평국이 이렇게 훌륭하신 부모님을 다시 만나게 되어

저도 너무나 기쁩니다."

평국과 보국은 홍무 부부와 여공 부부를 바라보며 흐뭇한 미소를 지었다.

황제는 평국과 보국이 함께 살도록 별궁을 지어 주었다. 또한 시종 천 명과 호위병 백 명, 그리고 금은보화와 비단 수백 필을 내렸다. 평국과 보국은 황제의 은혜에 감사해하며 각자의 처소를 나누어 지냈다.

•

"어의가 내 맥을 살폈으니 정체가 금세 탄로 날 것이다.

어쩔 수 없구나. 이제 여자 옷을 입고,

규방에 몸을 숨기며 세월을 보낼 수밖에…….."

•

자신의 **정체**가 **탄로** 나다

　궁에 들어온 지 얼마 지나지 않아 평국은 시름시름 앓기 시작했다. 오랫동안 원정을 나간 탓에 몸이 많이 약해진 것이었다. 그 소식을 들은 황제는 급히 어의(御醫)*를 보냈다.

　"병세를 자세히 살피고 어떻게든 낫게 하라. 만일 위중하다면 짐이 직접 가 보겠다."

　황제의 명을 받은 어의는 곧바로 평국에게 가서 몸 상태를 살폈다. 다행히 심각한 병은 아니었다. 어의는 약을 처방한 뒤 다시 궁으로 돌아와 황제에게 평국의 몸 상태를 보고했다.

＊ **어의** 궁궐 내에서, 임금이나 왕족의 병을 치료하던 의원.

"그런데…… 말씀드리기 송구스럽지만 진료 중에 참으로 괴이한 일이 있었습니다."

어의의 말에 황제는 깜짝 놀라 물었다.

"괴이한 일이라니…… 무슨 일이더냐?"

"우승상의 맥을 짚어 보았습니다. 그런데 희한하게도 남자의 맥이 아니었습니다."

"그게 무슨 말이냐? 평국이 남자가 아니란 말이냐?"

황제의 물음에 어의는 몸 둘 바를 몰라 하며 아무 대답도 하지 못했다.

"신 역시도 너무나 놀라 믿기 어렵습니다."

"만약 평국이 여자라면 어찌 전장에 나가 적들을 물리쳤겠느냐? 허나 평국의 얼굴이 복숭아꽃처럼 화사하고, 체구도 작은 편이니 미심쩍은 부분도 없진 않구나. 일단은 이 일을 아무에게도 말하지 말거라."

"명심하겠습니다."

어의가 물러가자 황제는 깊은 생각에 잠겼다.

한편, 평국은 몸이 나았지만, 마음은 무거웠다

"어의가 내 맥을 살폈으니 정체가 금세 탄로 날 것이다. 어쩔 수 없구나. 이제 여자 옷을 입고, 규방*에 몸을 숨기며 세월을 보낼 수밖에……."

그러고는 남자 옷을 벗고 여자 옷으로 갈아입었다. 평국에서 다시 계월로 돌아온 것이다.

그녀는 거울에 비친 자신의 모습을 보았다. 몸 어디에선가 슬픔의 기운이 몰려나왔다. 두 뺨 위로 눈물이 주르륵 흘러내렸다. 가을날 연꽃이 비를 머금은 듯, 한 조각 초승달이 구름에 잠기는 듯 그 모습은 참으로 애절했다.

* **규방** 부녀자가 지내는 방.

그날 밤 계월은 붓을 들어 황제에게 상소*를 올렸다.

우승상 평국이 폐하께 아룁니다. 소신은 다섯 살에 장사랑의 난을 당해 강물에 던져졌습니다. 그렇게 죽을 목숨이던 것을 여공의 도움으로 살아나게 되었습니다.

당시에 신은 남자 옷을 입고 있었고, 여공 역시 신을 남자아이로 생각했습니다. 게다가 여자 행색을 하고 규중*에 있으면서는 부모님을 찾을 수 없을 거라 생각했습니다. 그리하여 지금까지 남자 행세를 하며 살아왔습니다.

그 이유가 어떻든 신은 크나큰 잘못을 저질렀습니다. 모두를 속였으며, 감히 과거에 응시하고 벼슬까지 하였습니다.

폐하를 속인 신의 죄는 너무나 무겁습니다. 부디 저를 벌하여 주시옵소서.

황제는 계월이 올린 상소를 보고는 벌떡 일어나 신하들에게 말했다.

"도대체 누가 평국을 여자로 알았겠느냐? 참으로 유례가 없는

* **상소** 임금에게 글을 올리던 일. 또는 그 글.
* **규중** 부녀자가 지내는 곳.

일이로다. 세상이 넓고 인재는 많다 하지만, 문무를 겸비하고 국가에 충성하며 부모께 효도하는 인물은 많지 않을 것이다. 평국이야말로 이 모든 것을 갖춘 인물이다. 그러니 여자라 한들 어찌 벼슬을 거두겠느냐?"

그러고는 조서*를 작성하여 계월에게 전하도록 했다.

경의 상소를 보고 무척이나 놀랐소. 반란군을 토벌해 국가를 위기에서 구한 그대의 공은 이루 말할 수 없다오. 그러니 그대가 여자라는 이유로 어찌 벌하겠는가? 벼슬은 그대로 유지할 것이니, 조금도 꺼리지 말고 짐을 도우시오.

조서를 읽어 본 계월은 황제의 은혜에 깊이 감사해하며 눈물을 흘렸다. 그리고 장수 백 명과 군사 천 명에게 궁궐 밖에 진을 치게 했다. 자신의 권위가 조금도 변함없다는 사실을 널리 알리기 위함이었다.

며칠 후 황제는 홍무를 궁으로 불러 말했다.
"짐이 대원수의 상소를 본 뒤로 많은 생각을 했소. 계월이 규중

---

* **조서** 임금의 명령을 일반에게 알릴 목적으로 적은 문서.

에서 홀로 늙으면 그대도 후손이 끊길 것이오. 이 어찌 슬픈 일이 아니겠는가. 그래서 계월의 혼인에 짐이 중매를 서고자 하는데 그대의 뜻은 어떠한가?"

홍무는 땅에 엎드리며 머리를 조아렸다.

"폐하께서 이렇게 말씀해 주시니 몸 둘 바를 모르겠습니다. 신역시 그렇게 생각하였습니다."

"그렇구려. 그럼 계월의 배필은 생각해 본 적 있소?"

"아직은 없습니다. 폐하의 결정에 따르겠습니다."

"계월과 동고동락*했던 보국은 어떤가?"

"아주 훌륭하신 생각입니다. 죽을 목숨이던 계월을 구해 주고, 친자식처럼 길러 주었으니 저희 가족 모두가 그 집안의 은혜를 입은 것과도 같습니다. 또한 계월은 어려서부터 보국과 함께 공부하고 같이 과거에 급제했으며, 전장에서도 동고동락했습니다. 둘은 하늘이 정한 인연이라고도 하겠습니다."

"과연 그렇소이다. 그럼 짐의 뜻을 계월에게 전하시오."

홍무는 별궁으로 돌아와 계월을 불렀다. 그녀는 아버지로부터 황제의 뜻을 전해 들었다. 그리고 눈물을 뚝뚝 흘리며 말했다.

"소녀는 본래 부모님 곁에 있으며 평생을 홀로 늙으려 했습니

* **동고동락** 괴로움도 즐거움도 함께함.

다. 죽은 뒤에는 남자로 태어나 공자 맹자의 행실을 배우고자 생각 했지요. 이제 여자라는 게 탄로 나고 폐하께서도 그렇게 말씀하셨으니 그 뜻을 어찌 거역하겠습니까? 게다가 제가 이대로 늙어 죽는다면 누가 조상님께 제사를 올리겠습니까? 신하로서, 또한 자식으로서 임금과 부모의 명을 따르고자 합니다. 말씀대로 보국을 남편으로 섬기도록 할 테니 제 뜻을 황제께 전해 주시옵소서."

홍무는 다시 황궁으로 들어가 계월의 뜻을 전했다. 황제는 크게 기뻐하며 여공을 불렀다.

"계월과 보국을 부부로 맺어 주고자 하니 그대의 뜻은 어떠한가?"

여공은 머리를 조아리며 말했다.

"폐하의 은혜에 몸 둘 바를 모르겠습니다. 계월과 같이 지혜롭고 뛰어난 여인을 며느리로 삼는다면 가문의 영광일 것입니다."

여공은 별궁으로 돌아와 부인과 보국에게도 이 사실을 전했다. 보국은 무척이나 놀랍고도 기뻤다.

황제는 태사관을 불러 길일(吉日)*을 택하도록 했다. 이윽고 춘삼월 보름으로 혼례일이 정해졌다. 준비는 순조롭게 진행됐다. 황

* **길일** 운이 좋고 상서로운 날.

제가 보낸 수천 필의 비단이 도착하자, 계월은 아버지를 찾아갔다.

"소녀 드릴 말씀이 있습니다. 보국은 본래 소녀가 전쟁터에서 부리던 장수입니다. 제가 그 사람의 아내가 될 줄은 꿈에도 몰랐습니다. 이제 그의 아내가 되면 예전처럼 그를 아래에 두고 부리지는 못할 것입니다. 그러니 마지막으로 군대의 예의를 차려 보고 싶습니다. 제 뜻을 폐하께 전해 주십시오."

홍무가 황제에게 계월의 뜻을 전하자, 황제는 크게 웃으며 이를 허락했다. 며칠 뒤 창과 검을 늠름하게 든 오천 명의 군사와 수백 명의 장수가 별궁에 도착했다. 계월은 여자 옷을 벗은 뒤 예전처럼 갑옷을 입고 활과 화살을 찼다. 그 당당한 모습은 멀리서도 빛이 났다. 모든 준비가 끝나자, 계월은 중군장 보국을 불러오도록 전령을 보냈다.

한편 처소에서 편하게 쉬고 있던 보국은 갑작스레 들이닥친 전령을 보고 깜짝 놀랐다. 전령이 대원수의 명령을 전하자 보국은 분해서 어쩔 줄 몰랐다. 하지만 예전에 전쟁터에서 계월의 위엄을 보았기에, 군령을 어길 수는 없었다. 그는 느릿느릿 갑옷을 찾아 입었다.

그때였다. 밖에서 기다리던 계월이 장수들에게 호통을 쳤다.

"중군장 보국은 어찌 이렇듯 거만하단 말이냐! 바삐 오지 못한단 말이냐?"

다시 들어온 전령의 말에 보국은 황급히 갑옷을 챙겨 입고 밖으로 나갔다. 진영에 도착하자 다시 벼락같은 소리가 들렸다.

"중군장 보국을 어서 끌어내라."

크게 놀란 보국은 원수의 막사로 걸어갔다. 그러자 좌우로 늘어선 장수들이 큰 소리로 꾸짖었다.

"무엄하도다. 원수 앞에서 큰 걸음을 걷다니 무슨 짓이냐! 종종걸음으로 걸어라."

당황한 보국의 얼굴에는 땀이 뻘뻘 났다. 그는 서둘러 가서 무릎을 꿇었다. 대원수 계월이 호통을 쳤다.

"자고로 군법은 엄격하도다. 중군장이라면 어떤 장수보다도 먼저 나와 명령을 기다려야 하거늘, 어찌 이렇게 태만하게 행동하느냐! 군령을 만만히 본 죄는 용서할 수 없다. 밖으로 끌어내 곤장을 쳐라!"

대원수의 명령이 떨어지자 호위 무사들이 한꺼번에 달려들었다. 당황한 보국은 투구를 벗고 고개를 숙였다.

"대원수께선 부디 용서하소서. 소장은 그동안 병을 앓아 계속 누워 있었습니다. 그랬기에 원수의 명령을 듣고도 재빨리 오지 못했습니다. 태만한 죄는 용서받을 길 없지만, 병든 몸으로 곤장을 맞는다면 견디지 못할 것입니다. 제가 만약 죽는다면 부모님께도 불효를 범하는 것이니, 원수께서는 옛정을 생각하여 바다와 같은 은혜로 용서해 주옵소서."

보국은 거듭 애걸했다. 하지만 계월은 눈 하나 깜짝하지 않았다.

"병을 앓았다고? 만약 그렇다면 더 큰 문제로구나. 네가 병들었다면 애첩인 영춘을 데리고 풍류를 즐기며 논다는 말은 무엇이냐? 내가 들은 게 거짓이란 말이냐?"

그 말에 보국은 깜짝 놀라 몸을 벌벌 떨었다. 그러면서도 거듭 용서를 빌었다. 계월은 엄한 태도로 말을 이었다.

"옛정을 생각해 내 이번 한 번만 용서하겠다. 앞으로는 절대 이런 일이 없도록 하라."

그날 밤 보국은 잠을 이룰 수 없었다. 자신이 낮에 겪은 수모를 생각하니 마음이 진정되지 않았다. 보국은 아버지에게 가서 있었던 일을 낱낱이 고했다.

"하하하, 내 며느리는 천고*에 다시없을 영웅이로구나."

여공은 크게 웃었다. 그리고 보국에게 당부했다.

"계월이 너를 욕보인 것에 너무 신경 쓰지 마라. 계월이 폐하의 명으로 너의 배필이 되었잖느냐. 그러니 부하였던 너를 다시 부리지 못할까 봐 오늘 그렇게 희롱한 것뿐이다. 너무 마음에 두지 말

---

* **천고** 아주 오랜 세월 동안.

거라."

여공이 타일렀지만 보국의 마음은 풀리지 않았다. 계월이 보국을 놀렸다는 이야기를 들은 황제 역시 흡족해하며 칭찬을 아끼지 않았다.

삼월 보름의 결혼식 날이었다. 곱게 화장을 한 계월은 비단 저고리와 치마를 갖춰 입었다. 가는 눈썹과 흰 피부, 붉은 입술 안에 빛나는 하얀 치아는 절로 아름다움을 자아냈다. 장막 밖에는 장수들이 갑옷을 갖춰 입고 검을 세워 군대의 예를 갖추고 있었다.

잠시 후 보국이 나타났다. 황금으로 꾸며진 화려한 말에 앉은 그의 모습은 당당했다. 보국은 말에서 내려 계월 앞에 섰다. 둘은 하늘과 땅에 절하고, 서로에게도 맞절을 한 뒤 술을 따라 세 번 번갈아 마셨다.

날이 저문 뒤 둘은 신방(新房)으로 들어갔다. 보국은 계월을 그윽하게 바라보며 미소 지었다.

"그대는 예전에 대원수로 있으면서 나를 골탕 먹이더니, 오늘 같은 날이 올 줄 알았소?"

계월은 살짝 미소 지으며 아무 말도 하지 않았다. 보국은 촛불을 끄고 계월의 손을 잡아 잠자리로 향했다. 원앙새가 서로를 사랑하듯, 그 정은 끝이 없었다.

다음 날 둘은 여공 부부의 처소로 가서 인사를 올렸다. 여공이 크게 기뻐하며 말했다.

"세상일이란 참으로 알 수 없구나. 내 너를 친아들처럼 여겨 왔는데, 이렇게 며느리가 될 줄은 꿈에도 몰랐다."

"목숨을 구해 주시고, 십여 년 동안 키워 주신 은혜 잊지 않고 있습니다. 하늘이 도우셔서 이제 시아버님으로 모시게 되었으니, 정성을 다하겠습니다."

계월은 여공에게 절을 했다. 여공의 얼굴에는 웃음이 가득했다.

보국은 아버지에게 더 드릴 말씀이 있었기에, 계월만 먼저 처소로 돌아왔다. 가마를 타고 정자 옆을 지날 때였다. 그곳에는 보국의 애첩인 영춘이 난간에 걸터앉아 시시덕거리고 있었다. 그녀는 계월의 행차를 보았지만 일어서지도, 난간에서 내려오지도 않았다. 계월은 화가 치밀어 올랐다.

"가마를 멈춰라!"

그리고 곧바로 무사들에게 영춘을 잡아 오도록 명했다. 그들은 정자에서 영춘을 끌어내 계월 앞에 무릎 꿇렸다.

"네 이년! 보국의 사랑을 받는다고 교만하기 그지없구나. 본부인의 행차를 보고도 감히 난간에 걸터앉아 아래를 내려다보며 시시덕거리고 있느냐? 너 같은 년을 어찌 살려 두겠느냐?"

그러고는 서릿발같이 고함쳤다.

"저년을 끌어다가 목을 쳐라!"

명이 떨어지자 무사들이 달려들어 영춘을 문밖으로 끌고 나갔다. 주위에 있던 궁녀와 하인들은 깜짝 놀라 몸을 떨었다.

계월이 영춘의 목을 베었다는 소식을 들은 보국은 분노를 감출 수 없었다. 그는 여공에게 말했다.

"계월이 전날 대원수로 있을 땐 저를 중군장으로 임명하여 부렸습니다. 하지만 지금은 제 아내가 되었으니, 가장(家長)인 저의 명령에 따라야 할 것입니다. 그런데 어찌 제가 아끼는 첩을 죽인단 말입니까!"

상황을 파악한 여공이 아들을 타일렀다.

"계월이 비록 네 아내가 되었지만, 벼슬은 그대로이다. 그러니 너를 부릴 수 있는 위치이다. 게다가 예로써 너를 섬기니 어찌 잘못되었다고 할 수 있느냐? 영춘은 교만하게 굴다가 죽임을 당한 것이다. 안주인이 집안을 다스리는 것은 온당한 일이거늘, 네가 어찌 탓할 수 있느냐? 마음속에 너무 담아 두지 말거라. 만약 이 일로 계속 갈등한다면 부부의 의가 상할뿐더러, 둘을 맺어 주신 폐하의 뜻에도 거스르는 일이 될 것이다."

하지만 보국의 화는 식을 줄 몰랐다.

"대장부가 어찌 계집에게 굴복한단 말입니까? 저는 도저히 함께 지낼 수 없습니다."

이렇게 말하고는 계월에게 다가가지 않았다. 잠도 따로 잤다. 그런 보국의 행동을 보며 계월은 생각했다.

'영춘을 죽였다고 저러는구나. 아, 마음 씀씀이가 참으로 졸렬하도다. 누가 보국을 남자라 하겠는가?'

이를 안타깝게 여기며 세월을 보냈다.

•

"계월이 저를 또 중군장으로 부리겠다는 명령서를 내렸습니다.

세상에 이런 일이 어디 있습니까?"

•

보국을 데리고
전장에 나아가다

어느 날 옥문관 수비 대장이 황제에게 급히 장계를 올렸다.

오나라 왕과 초나라 왕이 반란을 일으켰습니다. 현재 십만 군사를 이끌고 황성으로 향하고 있습니다. 오왕은 구덕지를 대원수로 삼고, 초왕은 맹길을 앞세워 벌써 칠십 개 성을 함락시켰습니다. 소장의 힘으로는 도저히 막을 길이 없습니다. 부디 명장을 보내서서 적을 막으소서.

황제는 급히 신하들을 소집했다.
"누구를 보내 막아야 할 것이냐?"
그러자 좌승상이 앞으로 나와 말했다.

"아룁니다. 이 도적들은 보통이 아닙니다. 하오니 아무리 생각해도 우승상 평국 외에는 막을 자가 없습니다. 즉시 평국을 불러다 대원수로 임명하소서."

그 말에 황제는 고민이 되었다.

"평국의 능력은 짐도 잘 알고 있소. 하지만 지금은 규중 여성인데 어찌 전장에 보내겠는가?"

"물론 그렇긴 하지만, 아직 폐하의 신하이고 벼슬도 그대로입니다. 그러니 어찌 여자라고 꺼릴 수 있겠습니까?"

황제는 마지못해 계월을 부르도록 명을 내렸다.

한편 계월은 규방에서 쓸쓸히 세월을 보내고 있었다. 궁에서 사람이 와 황제의 명을 전하자, 그녀는 조복(朝服)*으로 급히 갈아입은 후 궁궐로 향했다.

황제는 계월을 반갑게 맞았다.

"경이 규중 여인이 된 후로 오랫동안 보지 못했소. 이렇게 다시 보니 기쁘구려. 다름이 아니라 짐이 덕이 없어 오왕과 초왕이 반란을 일으켰소. 그대는 군사를 이끌고 적을 토벌하기 바라오."

그러자 계월은 고개를 조아리며 말했다.

---

* **조복** 관리가 조정에 나갈 때 입는 예복.

"소신은 폐하를 속이고 높은 벼슬에 올라 영화롭게 지낼 수 있었습니다. 그럼에도 폐하께선 그 죄를 용서하시고 저를 높이 평가해 주셨습니다. 소신이 비록 어리석지만 그 은혜를 어찌 모르겠습니까? 부족하지만 폐하의 뜻을 받들어 반드시 적들을 무찌르겠습니다."

황제는 크게 기뻐하며 계월을 대원수로 임명했다. 그리고 수많은 군사들을 집결시켰다. 다시 대원수가 된 계월은 직접 붓을 잡고 명령서를 썼다.

지금 적병이 급하게 쳐들어오니, 보국은 중군장으로 참전하라.

명령서를 받은 보국은 분노가 치솟았다. 그는 즉시 아버지에게 갔다.

"계월이 저를 또 중군장으로 부리겠다는 명령서를 내렸습니다. 세상에 이런 일이 어디 있습니까?"

그러자 여공이 말했다.

"그래서 내가 뭐라고 했더냐? 계월을 괄시하다가 이런 일을 당했으니 달리 뭐라 하겠느냐? 아무튼 나랏일이 급하니 어쩔 수 없다. 어서 가거라."

보국은 할 수 없이 갑옷을 입고 진영으로 가서 대원수 앞에 엎드렸다. 계월은 준엄한 목소리로 말했다.

"다들 들어라. 전장에서 명령을 거역하는 자가 있다면 군법으로 다스릴 것이다. 알겠느냐?"

보국의 등에는 식은땀이 절로 흘렀다. 그는 자신의 처소로 돌아와 출전 준비를 했다.

다음 날 부대는 장안을 떠나 연경루에 도착했다. 부대는 적병과 마주한 이곳에 진을 쳤다. 대원수는 모든 장병을 모아 놓고 경거망동하지 말 것을 명했다. 그리고 중군장을 불러 분부했다.

"그대는 적 장수의 머리를 베어 바쳐라."

명을 받은 보국은 말에 올라 적진 앞으로 나섰다.

"나는 명나라의 중군장 보국이다. 대원수의 명을 받아 너희 장수의 머리를 베러 왔다. 어서 나와 내 칼을 받아라."

"애송이 녀석이 겁도 없구나! 내가 상대해 주마."

적장 운평이 문밖으로 나왔다. 보국은 그와 몇 수를 겨루었지만 승부는 오래 걸리지 않았다. 보국의 칼이 허공을 크게 휘두르며 적의 머리를 단숨에 베었다.

"네 이놈! 용서치 않겠다."

운평의 죽음을 목격한 적장 구덕지는 병사들을 이끌고 진영 밖으로 달려 나왔다.

"덤벼라! 상대해 주마."

보국은 이번에도 적에게 칼날을 겨누었다. 그러나 구덕지는 만만한 상대가 아니었다. 보국의 검술은 먹혀들지 않았고, 오히려 그의 매서운 창이 보국의 갑옷을 스쳐 지나갔다. 게다가 갑자기 수백 명의 병사들이 보국을 겹겹이 에워쌌다. 한 명 한 명씩 처치해도 끝이 보이질 않았고, 도망치려 해도 퇴로를 찾을 수 없었다. 마음이 점차 다급해져 갔다.

어디선가 화살이 날아오더니 곧이어 보국의 말이 쓰러졌다. 그 때문에 보국은 흙바닥에 넘어져 뒹굴었다. 얼굴은 이미 눈물과 땀으로 얼룩져 있었다.

"아아…… 정녕 이대로 끝나는 것인가!"

그때였다. 북소리가 들리더니 곧바로 비명이 들리면서 진영이 무너져 갔다. 그리고 잠시 후 적병을 뚫고 돌진하는 대원수 계월의 모습이 보였다.

"이게 도대체 무슨 일이냐! 어서 진영을 유지해라!"

"네가 구덕지로구나. 내 칼을 받아라!"

계월의 검술은 물이 아래로 흐르듯 끊임이 없었다. 구덕지는 창으로 대원수의 칼을 막고자 했지만 역부족이었다. 단 일곱 수 만에 계월의 칼끝은 그의 가슴을 관통했다.

놀란 적들은 사기를 잃고 달아나기 시작했다. 계월은 바닥에 있

던 보국의 허리를 한 손으로 잡아 들고 다시 본진으로 돌아왔다. 보국은 부끄러운 마음에 고개를 들지 못했다. 계월이 보국을 꾸짖었다.

"그러고도 평소에 남자라 칭하면서 나를 업신여겼더냐."

한편 오왕과 초왕은 불리한 정세에 대해 이야기를 나누었다.

"명나라 원수를 하늘이 내린 장수라 하더니, 과연 그렇구려. 명장 구덕지까지 잃었으니 이제 어찌해야겠소?"

"그러게 말이오. 아무래도 다른 방법을 찾아야 할 것 같소."

그때 누군가가 옆에서 불쑥 나타났다. 초나라 장수 맹길이었다.

"대왕께서는 너무 걱정하지 마옵소서."

"그게 무슨 말이냐? 네게 좋은 수라도 있느냐?"

"소장에게 묘책*이 있사옵니다."

"어서 말해 보거라."

"몰래 군사를 이끌고 황성으로 쳐들어가는 것입니다. 지금 황성에는 수비병이 거의 없을 겁니다. 게다가 황제를 사로잡아 항복을 받아 낸다면, 제아무리 뛰어난 명나라 원수라도 어찌할 도리가 없을 것입니다."

* **묘책** 매우 교묘한 꾀.

"그것 참 뛰어난 생각이구나! 즉시 시행하거라."

초나라 왕은 무척 기뻐했다. 그날 밤 맹길은 병사 일천 명을 이끌고 몰래 빠져나갔다.

한편 황제는 전선에서 승리했다는 소식을 듣고 크게 기뻐하고

있었다. 그때 동문을 지키는 장수가 급히 달려와 아뢰었다.

"폐하, 큰일 났습니다! 어디서 나타났는지 적들이 장안에 침범했습니다. 지금 이곳을 향해 곧장 달려오고 있습니다."

황제는 깜짝 놀라 어쩔 줄 몰라 했다. 맹길은 벌써 성안으로 들어와 백성들을 마구 죽이고 이곳저곳에 불을 질렀다. 거리는 도망치는 사람들로 난리 통을 이루었으며, 비명과 고함은 하늘을 찌를 듯했다.

불길은 황궁 안쪽까지 번졌다. 신하들은 황제를 업고 북문으로 향했다. 한편 그 모습을 본 맹길이 부하들에게 외쳤다.

"저쪽으로 황제가 도망간다! 어서 쫓아라!"

황제와 신하들은 서둘러 달아났지만 말을 탄 적을 따돌릴 수는 없었다. 뒤쪽에 있던 신하들부터 하나하나 적군의 칼에 목숨을 잃었다.

어느새 이들은 강가에 도착했다. 배도, 사공도 없었기에 강을 건널 수 없었다. 황제는 하늘을 바라보며 탄식했다.

"앞은 강물이오, 뒤는 적병이니 이 일을 어찌할 것인가……."

맹길은 황제의 가슴을 창으로 겨누며 말했다.

"황제는 목숨이 아깝거든 어서 항복 문서를 올려라."

이에 옆에 있던 좌승상이 애걸하였다.

"종이와 붓이 없는데 무엇으로 항복 문서를 쓰란 말이오. 황성으로 들어가면 항복 문서를 써서 바칠 것이니 폐하를 제발 살려 주시오."

하지만 맹길은 오히려 눈을 부라리며 소리쳤다.

"종이가 없으면 용포(龍袍)*에 쓰고, 붓이 없으면 피로 쓰면 되지 않느냐? 어서 손가락을 깨물어 써라!"

황제는 손가락을 입에 넣으며 눈물을 흘렸다.

"수백 년 동안 이어 온 나라가 이렇게 망할 줄이야. 하늘도 무심하시구나!"

* **용포** 임금이 입던 정복.

황제의 통곡 소리에 주위의 모두가 숙연해졌다. 하늘의 해는 빛을 잃고 어두워졌으며, 강물만 구슬프게 흐를 뿐이었다.

"적장은 들어라! 대명의 대원수 홍계월이 이곳에 왔다.

그러니 황제 폐하를 해치지 마라!"

적을 물리치고
황제를 구하다

밤이 깊었지만 계월은 잠들 수 없었다. 어딘지 마음 한쪽이 무거웠고, 불안감도 느껴졌다.

자리에서 일어난 계월은 막사 밖으로 나왔다. 칠흑같이 어두운 밤하늘에는 무수한 별들이 떠 있었다. 계월은 고개를 들어 천천히 천기(天氣)*를 살폈다.

"아니, 이럴 수가!"

계월은 두 눈을 동그랗게 떴다. 이상한 일이었다. 자미성(紫微星)*은 잘 보이지도 않을 정도로 흐려져 있고, 그 주위로 새파란 별들이

＊ **천기** 하늘에 나타난 조짐.
＊ **자미성** 황제를 상징하는 별.

살기등등하게 빛나고 있었다.

계월은 급히 진영으로 돌아와 장수들을 불러 모았다.

"하늘을 보니 황성에 무슨 일이 생긴 것이 틀림없다. 어쩌면 적이 그곳으로 돌아갔을지도 모르겠다. 이대로 있을 순 없다. 내 날랜 군사들을 이끌고 곧바로 출발할 것이니, 중군장은 군사를 통솔하며 이곳을 지켜라. 적의 도발에 경거망동하지 말거라."

계월은 몇몇 군사를 데리고 급히 장안으로 향했다. 며칠이나 걸려 도착한 장안은 겉에서 볼 땐 아무 일도 없다는 듯 조용해 보였다. 하지만 성문 안으로 들어가자 칼에 베인 시체가 여기저기 널브러져 있었다.

"이럴 수가!"

집들은 모두 불에 타 검게 그을렸고, 멀리서 까마귀 우는 소리만 음산하게 들려왔다. 계월은 급히 대궐로 향했다. 문은 활짝 열려 있었고, 바닥에는 핏자국만 여기저기 남아 있었다.

"거기 아무도 없느냐!"

계월이 외쳤지만, 아무런 대답도 들리지 않았다.

그때였다. 한 노인이 하수도 구멍에서 기어 나오다 계월을 보고는 놀라서 다시 들어가려고 했다. 계월은 다급히 그를 불렀다.

"나는 도적이 아니다! 명나라 대원수이니 놀라지 말거라. 황제께선 어디로 가셨느냐?"

그러자 노인은 도로 나와 울음을 터뜨렸다. 계월이 자세히 보니 그는 시아버지인 여공이었다. 계월은 급히 말에서 내려 여공을 일으켰다.

"아버님께선 무슨 일로 이곳에 숨어 계십니까? 저희 부모님과 가족들은 다 어디로 가셨습니까?"

여공은 계월의 옷을 부여잡고는 눈물을 그칠 줄 몰랐다. 그리고 한참 만에야 입을 열었다.

"이곳에 도적이 쳐들어왔단다. 대궐에 불을 지르고 백성들을 닥치는 대로 죽였다. 나는 갈 길을 몰라 이곳에 들어가 지금까지 숨어 있었다. 네 부모님이 어디로 가신지는 나도 알지 못하겠구나."

계월은 여공을 위로하며 말했다.

"그렇다면 폐하께선 어디로 가셨습니까?"

"여러 신하들이 폐하를 업고 북문으로 나가는 걸 보았다. 도적이 그 뒤를 쫓아갔는데, 무슨 화를 당하지나 않으셨을지 걱정스럽구나."

"저는 폐하를 구하러 가겠습니다. 이곳에서 제가 돌아오기를 기다리십시오."

그러고는 급히 말을 몰아 북쪽으로 향했다. 강가에 이르자 적들의 모습이 보였다.

"적장은 들어라! 대명의 대원수 홍계월이 이곳에 왔다. 그러니 황제 폐하를 해치지 마라!"

계월은 우레와 같은 고함을 쳤다. 맹길을 비롯한 적들은 깜짝 놀라 도망치려 했다.

"네가 가면 어디로 가겠느냐! 내 칼을 받아라."

계월은 성난 호랑이처럼 맹길에게 달려들었다. 맹길은 계월의 심장을 향해 창을 내뻗었다. 하지만 계월은 몸을 왼쪽으로 피한 다음, 창을 잡아 그대로 당겼다. 맹길은 균형을 잃고 말에서 떨어지고 말았다.

"이자를 묶어라!"

계월의 명령에 부하들이 달려들었다. 맹길은 밧줄로 꽁꽁 묶였고, 대장을 잃은 그의 부하들은 우왕좌왕 흩어져 도망가기 바빴다.

"폐하께선 옥체를 보존하소서. 여기 계월이 왔습니다."

정신을 놓고 있던 황제는 그 말에 놀라 입에서 손가락을 뺐다.

"아아, 홍 원수 그대로구려!"

이제 살았다는 안도감과 슬픔이 동시에 몰려왔다. 황제는 아무 말도 못하고 눈물만 주룩주룩 흘렸다.

"죽을 목숨이던 짐을 그대가 구했구나. 이 은혜를 무엇으로 갚겠는가?"

"신하로서 마땅히 할 일을 했을 뿐이옵니다. 폐하께선 염려 마옵소서."

"그대는 만리 변방*에서 어떻게 알고 이곳으로 왔는가?"

"하늘의 별을 보고 알았습니다. 군사를 중군장에게 맡기고 곧바로 달려왔지만, 소신이 늦고 말았습니다. 폐하의 거처를 모르고 주저하다가 우연히 시아버님을 만나 이곳에 계신 것을 알게 되었습니다."

그러면서 적장 맹길을 사로잡고, 적들을 격퇴한 사연을 아뢰었다. 황제는 계월의 노고*를 치하하며 크게 기뻐했다.

"어서 황성으로 돌아가자. 황후와 태자가 잘 있는지 확인해야겠구나."

계월은 돌아갈 준비를 했다. 황제는 계월의 말을 타고, 계월은 맹길의 말을 탔다. 또한 맹길은 북을 짊어지게 한 뒤 행렬 뒤를 따르게 했다.

서둘러 궁으로 돌아왔지만, 화려했던 그곳엔 아무도 남아 있지 않았다. 황후와 태자 역시 보이질 않았다. 오직 무너진 기둥과 불탄 자국만 남아 있을 뿐이었다.

"짐이 부덕하여 무고한 백성들만 죽게 만들었구나. 황후와 태자

---

* **변방** 나라의 경계가 되는 변두리의 땅.
* **노고** 힘들여 수고하고 애씀.

마저 보이지 않으니 무슨 면목으로 살아 있겠는가?"

　말을 마친 황제는 바닥에 엎드려 통곡했다. 계월은 황제를 위로하며 말했다.

　"폐하께선 너무 염려하지 마십시오. 세상일은 모두 하늘이 정하신 것이옵니다. 저 무도한 도적들로 하여금 이런 어려움에 처하게 한 것도, 또한 신하들의 도움으로 반란을 평정토록 한 것도 모두 하늘의 뜻이옵니다. 조금만 참으소서. 황후마마와 태자마마 역시 반드시 찾도록 하겠습니다."

　"궁궐이 모두 불타 버렸는데, 이제 어디로 간단 말인가?"

　그때 여공이 하수도 구멍에서 나와 황제 앞에 엎드렸다.

　"폐하, 소신을 벌하여 주옵소서. 제 목숨만 살고자 폐하를 모시지 못하였습니다. 그러니 어찌 살기를 바라겠습니까?

　"아니오. 모두 다 짐이 부덕해서 그런 것인데, 어찌 경의 죄라고 하겠는가."

　"폐하의 너그러움에 몸 둘 바를 모르겠습니다. 폐하께서 돌아가실 궁궐이 없으니, 홍 원수의 궁으로 가시는 게 어떨까 싶습니다. 다행히 그곳은 피해를 입지 않았습니다."

　"아무래도 그래야 할 것 같구려."

　황제 일행은 곧바로 계월의 궁궐로 갔다. 다음 날 아침, 계월은 맹길과 적 장수들을 끌어내 황제 앞에 무릎 꿇렸다.

"폐하, 이 도적들은 소신이 직접 처치하도록 하겠습니다."

그러고는 큰 칼로 적들을 하나씩 베었다. 마지막으로 맹길만 남자 계월은 큰 소리로 외쳤다.

"이놈 맹길아! 너는 예전에 초나라에 살았다고 했는데, 그곳이 어디더냐?"

"소인은 소상강 근처에 살았소."

"너는 그곳에서 해적이 되어 지나가는 배들을 노략질하지 않았느냐?"

맹길은 당황한 표정으로 대답했다.

"그렇소. 하지만 흉년이 들어 굶주림을 견디지 못해서 어쩔 수 없었소."

"이놈, 그게 말이 되느냐!"

계월은 크게 화를 내며 꾸짖었다.

"십수 년 전, 장사랑이 반란을 일으켰을 때의 일이다. 그때 한 부인의 품에 든 아이를 돗자리에 싸서 강물에 던져 버린 일이 있느냐? 바른대로 말해라."

"이제 죽게 된 목숨인데 무엇을 숨기리오. 그런 일이 있었소."

"그때 네가 강물에 던진 아이가 바로 나이다."

그 말을 들은 맹길은 눈앞이 캄캄해졌다.

"내 너를 직접 처형할 것이니, 부디 원망 말거라."

계월은 칼로 맹길의 목을 벤 뒤, 황제 앞에 무릎을 꿇었다.

"폐하의 넓으신 덕으로 평생의 소원을 이루었습니다. 이제는 죽어도 여한이 없습니다."

"경의 충성심에 하늘이 감동하신 것이지, 내 덕이 아니오."

그리고 계월에게 다시 말했다.

"그런데 보국의 군대는 어떻게 되었는지 궁금하구려."

"걱정 마십시오. 신이 즉시 가서 살펴보겠습니다."

계월이 말을 타고 떠나려는데, 그때 보국으로부터 장계가 도착했다.

중군장 보국이 폐하께 아뢰옵니다. 대원수께서 황성으로 가신 후, 소신이 적을 공격하여 오나라와 초나라의 왕을 사로잡고 항복을 받아 냈습니다.

황제는 크게 기뻐하며 계월에게 말했다.

"보국이 오나라와 초나라의 항복을 받아 냈다고 하니, 이런 경사가 어디 있소? 짐이 직접 나가 보국을 맞이하겠소."

황제는 모든 신하들을 거느리고 말에 올랐다. 계월이 가장 앞에 서고, 황제는 중군이 되어 뒤를 따라왔다. 또한 용맹한 장수들을 좌우로 배치해 진군하게 했다.

보국은 오나라 왕과 초나라 왕을 앞세우고 의기양양하게 황성으로 돌아오고 있었다. 그때 저 멀리에 무리를 이끌고 오는 한 장수가 보였다. 자세히 살펴보니 깃발은 대원수의 것이지만, 말은 처음 보는 것이었다. 보국은 의심이 들었다.

'뭔가 이상하도다. 혹시나 적장 맹길이 대원수로 변장해 나를 유인하려는 계책인지도 모른다.'

이렇게 생각한 보국은 군사들에게 진을 치고, 적의 공격에 대비하라는 명령을 내렸다. 한편 멀리서 그 모습을 본 황제는 계월을 불러 말했다.

"아무래도 보국이 그대를 보고 적장인지 의심하는 듯하오. 그러니 경이 적인 척하고 그의 재주를 시험해 보는 게 어떻소?"

그러자 계월은 빙긋 웃으며 대답했다.

"폐하의 뜻대로 하겠습니다."

계월은 갑옷 위에 검은 군복을 걸치고, 얼굴엔 두건을 둘렀다. 그러고는 보국의 진영을 향해 말을 내달렸다. 한편 보국은 적장이 다가오는 줄 알고는 맞서 싸우러 나갔다.

"맹길 네 이놈! 감히 대원수로 변장하다니 용서할 수 없다. 덤벼라!"

보국의 호령에 계월은 속으로 미소 지으며 곽 도사에게 배운 술법을 부렸다. 갑자기 동쪽 하늘에서 태풍이 일어나며 주위가 검은 구름과 안개로 휩싸였다. 한 치 앞을 내다볼 수 없었기에 보국은 어디로 갈지 몰라 갈팡질팡했다.

　　그때였다. 큰 소리를 지르며 내달린 계월은 보국의 창을 빼앗은 뒤, 갑옷을 잡아채 말에서 떨어뜨렸다. 흙바닥에 나뒹굴던 보국의 멱살을 잡아 공중으로 번쩍 들고는 황제에게로 말을 몰았다. 이제 정말 죽나 보다 생각한 보국은 펑펑 눈물을 흘리며 외쳤다.

　　"아아, 홍 원수는 어디로 가셨는가! 내가 이렇게 죽게 되었는데 어디에 있단 말인가!"

　　그러자 계월은 웃음을 참을 수 없었다.

　　"중군장은 왜 옆에 있는 나를 부르느냐?"

하고는 깔깔대며 웃었다. 깜짝 놀란 보국이 정신을 차려 보니 정말로 계월이었다. 그는 울음을 멈추고는 부끄러워 어쩔 줄을 몰랐다.

　　황제 역시 크게 웃으며 보국의 손을 잡고 위로했다.

　　"중군장은 계월로부터 조롱당했다고 생각하지 마라. 그대들의 재주를 보고 싶어서 짐이 시킨 것이니라. 지금 전쟁터에서는 이렇지만, 다시 돌아가면 그대를 예로써 섬길 아내가 아니더냐. 그러니 부부간의 의를 상하게 하지 말라."

　　보국은 황제의 말을 듣고는 엎드려 절했다.

"폐하의 말씀이 지당하십니다."

부대는 이제 장안으로 회군했다. 궁에 도착한 황제는 오왕과 초왕을 무릎 꿇린 뒤 꾸짖었다.

"이 태평성대에 너희는 반란을 일으켜 천하를 어지럽혔다. 얼마나 많은 집이 불탔고, 무고한 백성들의 피가 땅을 물들였더냐! 다행히 하늘이 돌보셔서 너희를 붙잡았으니, 그 죄를 엄히 다스릴 것이다."

황제는 두 왕을 처형하도록 무사들에게 명했다. 그리고 제문(祭文)*을 지어 무고하게 죽은 백성을 위로하는 제사를 지냈다. 슬퍼하는 황제를 보며 모든 신하들도 눈물을 흘렸다.

며칠 뒤, 황제는 공이 있는 장수들에게 상을 주었다. 반란을 진압한 보국을 우승상으로 봉하고*, 황제를 구한 계월에겐 대사마대도독위왕(王)이란 직책을 내렸다. 그러자 계월이 엎드려 아뢰었다.

"폐하, 외람되지만 아뢸 것이 있습니다. 폐하의 넓으신 은혜로 신첩이 벼슬에 오를 수 있었으나, 천하를 평정한 것이 어찌 제 공

* **제문** 죽은 사람에 대하여 슬픔의 뜻을 나타낸 글.
* **봉하다** 임금이 벼슬과 지위를 내려 주다.

이라 할 수 있습니까? 게다가 이번 난리로 신첩은 부모님과 시어머님을 잃어버렸습니다. 이 모두가 제 기구한 팔자 탓입니다. 이제는 여자의 도리대로 살면서 부모님을 찾고자 합니다."

그러고는 군대를 지휘할 때 쓰는 병부와 깃발을 도로 바쳤다. 하지만 황제는 받아들이지 않았다.

"이 모든 건 짐이 부덕하기 때문이니, 참으로 부끄럽도다. 그대의 가족들은 분명 어디론가 피란하였을 테니 소식을 기다려라."

"네. 명을 받들겠습니다."

"그대가 규중에 있기를 청하니, 이를 거절하긴 어렵구나. 그러나 비록 여자이더라도 그 지위는 유지하길 바란다. 그리고 한 달에 한 번은 조회*에 들어와 신하 된 도리를 잊지 말고, 짐의 울적한 마음을 덜어 달라."

황제는 병부와 깃발을 계월에게 돌려주었다. 계월은 몇 차례나 사양하다가 어쩔 수 없이 다시 받았다.

처소로 돌아온 계월은 군복을 벗고 여자 옷을 입었다. 그리고 여공에게 먼저 인사드렸다. 여공은 크게 기뻐하면서도 며느리의 벼슬을 생각해 깍듯이 대했다. 다음으로 계월은 보국을 찾아가 아내의 예를 다했다.

---

* **조회** 모든 벼슬아치가 함께 모여 임금에게 문안드리고 나라의 주요 일을 보고하고 결정하는 것.

"전쟁터에선 모든 것을 호령하더니, 집에서는 부인으로서 정성을 다하는구려."

보국은 한편으로는 기쁘면서도 다른 한편으로는 아내를 두려워했다. 계월은 아무 말 없이 미소 지었다.

●

나라에도 행복은 가득했다.

도적들은 자취를 감추었고, 천하는 태평성대였다.

　●

나라에
태평성대를 이루다

한편, 장안에 적이 쳐들어왔을 때 홍무는 부인 양씨와 여공의 부인, 춘랑과 양윤을 데리고 동쪽으로 피란을 갔다. 이윽고 강가에 도착했는데, 몇몇 여인들이 그곳에서 울고 있었다.

"아니, 너희들은 누구냐? 여기서 뭘 하고 있느냐?"

"저희는 황후마마와 태자마마를 모시는 궁녀입니다. 두 분을 모시고 급히 피란을 왔다가, 강을 건너지 못해 이러고 있습니다."

"두 분께선 어디 계시냐?"

"저쪽입니다."

홍무가 급히 가 보자 그곳에 황후와 태자가 있었다. 홍무는 급히 바닥에 엎드려 인사를 드렸다. 황후와 태자는 홍무를 알아보고 눈물을 흘리며 반가워했다.

"마마. 이곳은 숨을 곳도 없고, 멀리서도 쉽게 보이기에 위험합니다. 일단은 저쪽 산으로 피신해야겠습니다."

홍무는 황후와 태자를 모시고 산으로 들어갔다. 봉우리는 높이 솟아 하늘을 찌를 듯했으며, 나무들은 울창하게 뻗어 몸을 가려 주었다.

산속으로 한참 들어가니 문득 초가집 하나가 보였다.

"혹시 안에 계십니까?"

홍무가 주인을 청하자 한 도사가 문을 열며 나왔다.

"무슨 일로 이 깊은 산속에 오셨습니까?"

"나라에 변란이 일어나 황후마마와 태자마마를 모시고 피란 왔다가 이곳에 이르렀습니다."

"그분들은 어디 계십니까?"

"저쪽 바깥에 계십니다."

도사는 밖으로 나와 황후와 태자에게 인사를 했다.

"누추하지만 이곳에 머물도록 하십시오."

그렇게 홍무 일행은 초가집에 머물게 되었다. 난리를 피한 건 다행이었지만, 장안의 소식은 알 수 없었다. 홍무는 답답한 마음으로 하루하루를 보내야만 했다.

며칠 뒤, 도사는 산꼭대기에 올라가 하늘을 살펴본 후 곧바로

내려와 홍무에게 말했다.

"천기를 보니 계월과 보국이 도적을 물리쳤습니다. 그리고 상공*
과 부인의 안부를 걱정하며 밤낮으로 찾고 있습니다. 황제께서도 황
후마마와 태자마마의 생사를 알지 못해 눈물로 하루하루를 보내고
계십니다. 상공께서는 급히 돌아가소서."

그 말에 홍무는 깜짝 놀라 물었다.

"아니, 제가 계월의 아비 되는 줄 어찌 아셨습니까?"

"저절로 알게 되어 있습니다."

그러고는 편지를 한 통 건넸다.

"이 편지를 계월과 보국에게 전해 주십시오."

"도사님의 도움으로 죽을 목숨을 건졌습니다. 이 은혜를 어찌
잊겠습니까? 부디 성함이라도 알려 주시옵소서."

"상공께선 예전에 저와 만난 적이 있습니다. 공의 따님이 아주
어렸을 때 관상을 보고 운명을 이야기했던 곽 도사입니다. 세월이
벌써 이렇게나 흐른 것 같습니다. 아무튼 제가 이곳에 온 건 황후
마마와 태자마마를 구하기 위해서입니다. 이제는 소인도 갈 길을
가고자 합니다. 부디 조심해서 돌아가소서."

홍무는 곽 도사에게 크게 감사하며, 황후와 태자 일행을 모시

* **상공** '재상'을 높여 이르는 말

고 산 아래로 내려왔다. 그리고 길을 재촉해 성문 밖에 도착했다.

"너희는 행색*이 몹시 초라하구나. 어느 지방 사람들이고, 어떻게 여기 오게 된 것이냐?"

수문장이 홍무에게 물었다.

"나는 위국공 홍무이다. 황후마마와 태자마마를 모시고 피란했다가 지금 돌아가는 중이다. 어서 성문을 열어라."

홍무의 말에 수문장은 깜짝 놀라 급히 성문을 열고 바닥에 엎드렸다.

"소인이 황후마마를 알아 뵙지 못하고 무례를 저질렀습니다. 어서 안쪽으로 드십시오."

그러고는 이 사실을 곧바로 황궁에 전했다.

황제는 황후와 태자가 죽은 것으로 생각하며 슬픔을 금치 못하고 있었다. 그때 관문으로부터 급한 편지가 도착했다. 황후와 태자, 그리고 홍무 일행이 그곳에 머물고 있다는 내용이었다.

황제는 놀란 눈으로 편지를 읽고 또 읽었다. 그리고 계월을 불러 이 소식을 전했다.

"그대와 그대의 아버지는 하늘이 보내셨도다. 이번에는 위국공

* **행색** 겉으로 드러나는 차림이나 태도.

이 황후와 태자를 보호해 목숨을 지켰다고 한다. 이 은혜를 어찌 갚겠느냐?"

"폐하의 넓으신 덕에 하늘이 감동하신 것입니다. 이것이 어찌 신의 아버지 공이겠습니까? 어서 보국을 보내 황후마마와 태자마마를 모셔 오도록 하는 게 좋겠습니다."

"좋은 생각이로다."

황제는 즉시 보국에게 이를 명했다. 다음 날 보국이 일행을 무사히 모셔 오자, 황제는 눈물을 글썽이며 황후와 태자를 맞이했다. 또한 그간의 사연을 듣고는 홍무에게 칭찬을 아끼지 않았다. 홍무는 감격해하며 몸 둘 바를 몰라 했다.

양씨 부인은 딸의 손을 잡으며 말했다.

"하마터면 너를 보지 못할 뻔했구나."

모녀는 서로를 껴안으며 안도의 눈물을 흘렸다. 그날 밤, 계월과 부모는 그동안 겪은 이야기를 하느라 밤이 새는 줄도 몰랐다.

황제는 큰 잔치를 열어 황후와 태자가 돌아온 것을 축하했다. 나라의 모든 백성들은 진심으로 기뻐하며 태평성대가 영원하길 빌었다.

한편 계월과 보국은 곽 도사의 편지를 열어 보았다.

이렇게 편지로나마 너희에게 안부를 묻는구나. 지난 세월, 함께 공부하고 생활했던 추억들이 떠오른다. 이별한 뒤로 한 번도 보지 못했으나, 너희를 생각하는 마음을 어찌 헤아릴 수 있겠느냐. 서로의 길이 달라 이후로는 다시 보지 못할 터이니, 부디 황제께 충성하고 부모께 효도를 다하여라.

계월과 보국은 편지를 읽으며 눈시울이 붉어졌다. 둘은 스승의 은혜에 감사해하며, 하늘을 향해 기도를 올렸다.

얼마 후 황제는 홍무를 초나라 왕으로, 여공을 오나라 왕으로 봉했다. 그리고 그곳 백성들을 잘 돌볼 것을 당부했다. 홍무와 여공은 황제의 은혜에 감사해하며 떠날 채비를 했다. 계월과 보국은 먼 곳으로 가게 된 부모를 아쉬움의 정으로 보냈다.

세월이 흘러 어느덧 계월과 보국은 마흔다섯 살이 되었다. 둘 사이에는 아들 셋과 딸 하나가 있었는데, 다들 총명하고 효성이 지극했다. 첫째 아들은 오나라의 태자가 되었고, 둘째 아들은 초나라의 태자가 되었으며, 셋째 아들은 좌의정에 올라 황제를 섬기고 백성을 다스렸다. 딸 역시 부모님을 모시며 행복한 집안 생활을 꾸려 갔다.

나라에도 행복은 가득했다. 도적들은 자취를 감추었고, 천하는 태평성대였다. 백성들은 아무런 근심 없이 편안하게 생활했으며, 이 모든 것이 하늘과 황제의 덕분이라고 칭찬했다. 계월의 자손들은 대대로 높은 벼슬을 누렸으며, 이들의 명성은 입에서 입으로 끝없이 전해졌다.

홍
계
월
전

물음표로
따라가는
인문학 교실

고전으로 인문학 하기

고전을 읽으며 생겨나는 여러 질문에 답하며,
배경지식을 얻고 인문학적 감수성을 키워요.

고전으로 토론하기

고전을 다양한 시각으로 바라보며,
다르게 생각하는 힘을 길러요.

고전과 함께 읽기

함께 소개하는 다양한 작품을 통해,
인문학적 사고의 폭을 넓혀요.

고전으로 인문학 하기

● 결혼을 앞둔 계월은 왜 슬퍼했을까?

'사이다'라는 말 들어 보았나요? 시원한 청량음료처럼, 가슴 답답한 게 뻥 뚫리면서 통쾌함을 느낄 때 이 말을 쓰지요.

《홍계월전》은 '사이다' 같은 고전 소설입니다. 특히나 조선 시대의 여성 독자들은 이 작품에 열렬히 환호했지요. 어떤 매력이 있기에 그랬을까요? 계월이 결혼하는 장면부터 그 이유를 함께 살펴보지요.

그녀는 거울에 비친 자신의 모습을 보았다. 몸 어디에선가 슬픔의 기운이 몰려나왔다. 두 뺨 위로 눈물이 주르륵 흘러내렸다. 가을날 연꽃이 비를 머금은 듯. 한 조각 초승달이 구름에 잠기는 듯 그 모습은 참으로 애절했다.

• 75쪽 중에서

한 여인이 눈물을 흘립니다. 두 뺨은 이미 흠뻑 젖어 있지요. 연꽃과 초승달로 비유한 그 모습은 참으로 애절해 보입니다.

그녀가 슬퍼한 이유는 무엇일까요? 이제부터는 완전히 다른 길을 걸어야 했기 때문이지요. 여성임이 탄로난 계월은 어쩔 수 없이 혼인을 수락합니다. 황제의 명령이고, 여공의 은혜에 보답하는 길이며, 가문의 대를 잇는 유일한 방법이었으니까요. 하지만 이제부턴 자기 능력을 발휘할 수 없고, 지금까지 이루어 놓은 것도 모두 되돌려야 합니다. 그런 자신의 처지를 생각하니 안타까움에 눈물이 흐른 것입니다.

여러분이 알고 있는 남성 영웅 소설을 떠올려 보세요. 동화도 좋습니다. 그 결말은 어떤가요? 맞습니다. '주인공 OOO은 높은 관직에 오른 뒤 그녀(혹은 공주)와 결혼했다. 그리고 아들, 딸을 많이 낳고 오래오래 행복하게 잘살았다. 이야기 끝~.' 대체로 이런 식이지요.

흥미롭게도 이런 작품에 여성의 의견이나 감정이 반영되는 경우는 드뭅니다. 사실 여자 입장에선 주인공이 싫을 수도 있는 거잖아요? 성격이 안 맞을 수도 있고, 아니면 원래 자기가 좋아하던 사람이 있을 수도 있고요. 주인공이 그녀의 이상형이라고 단정할 수도 없는데, 일단 결혼부터 하는 구조입니다.

일반적으로 남성 영웅 소설에서의 혼인은 주인공의 영웅성에 대한 '보상'의 의미로 활용됩니다. 즉, 능력을 발휘해 적을 무찌르거나 나라를 구한 뒤, 보상 측면에서 여성과 혼인하는 것이지요.

하지만 생각해 보길 바랍니다. 혼인은 남녀가 만나 부부가 되는 것이에요. 그리고 부부는

조화롭고 평등할 때 진정한 관계가 되지요.

그렇기에 '가문의 결합'이나 '보상' 차원에서 이루어진 혼인이 진정한 의미의 혼인인지는 좀 더 고민해 봐야 합니다. 이런 식의 혼인은 여성이 남성의 말에 순종하고, 남성의 삶에 종속되며, 집에서 인내하길 강요하곤 했으니까요.

● 당시의 여성들은 왜 《홍계월전》에 열광했을까?

여러분에게 딸이 있습니다. 세월이 흘러 딸이 결혼하려고 하지요. 마침 딸이 데려온 남자는 괜찮아 보입니다. 외모도, 직장도, 성격도 전부 좋은 것 같아요. 무엇보다 딸도 마음에 들어 하는 것 같고요.

남자 쪽 집안 사람들과 식사를 했습니다. 선을 보는 자리였지요. 남자의 부모는 점잖아 보입니다. 더더욱 안심이 되네요.

이제 결혼식이 무사히 끝났습니다. 남자 쪽 아버지에게 인사를 건넵니다. 사돈어른이자, 딸에겐 시아버지이지요. 그런데 그분께서 웃으시며 딸에게 묻습니다.

"그래. 너처럼 예쁜 아이를 며느리로 맞이해서 나도 기쁘구나. 그런데 한 가지 물어볼 게 있단다. 앞으로 우리 아들을 어떻게 섬기려고 하니?"

여러분이 이런 말을 듣는다면 어떨까요? 처음엔 잘못 들었는지 귀를 의심할 겁니다. 그러나 그쪽에서 이 말을 두 번 세 번 반복하면 어떨까요? 아마도 충격을 받겠지요. "뭐라고요? 누가 누굴 섬긴다고요?"라면서요.

하지만 계월이 살던 시대에는 안타깝게도 그렇지 않았습니다. 다음 글을 잠시 보지요.

"신부는 이제 우리 가문에 들어왔네. 앞으로 남편을 어떻게 섬기려 하는가?"

"어머니께서 문에서 전송하면서 '반드시 공경하고 반드시 경계하여 지아비의 뜻을 어기지 말라.'라고 말씀하셨습니다. 자고로 남편이 부인의 말을 들으면 이익은 적고 해로움이 많습니다. 암탉이 새벽에 울고 세상일에 밝은 여자가 나라를 기울게 하는 것은 경계하지 않을 수 없을 것입니다."

김만중의 《사씨남정기》*에 나오는 대목입니다. 여기에는 '섬기다'라는 말이 나오지요. 이를 통해 우리는 당시의 부부 관계를 알 수 있습니다. 부부가 상하 관계, 주종 관계였음을요.

* 《사씨남정기》 조선 숙종 때 김만중이 지은 한글 소설. 유연수가 첩 교 씨의 모함에 속아 착하고 현명한 본처 사 씨를 내쳤으나, 끝내 교 씨는 음모가 발각되어 처형당하고 유연수는 다시 사 씨를 맞이하여 행복하게 살았다는 내용의 가정 소설이다.

　게다가 아내 사 씨는 남편의 뜻을 어기지 않고, 자기 의견도 감히 내지 않겠다고 말합니다. 남자가 여자의 말을 들으면 해로움이 많고, 암탉이 울면 나라가 망한다는 기이한(?) 논리를 들면서요. 흥미로운 건 사 씨가 조선 시대의 대표적인 현모양처(賢母良妻)로 꼽혔다는 것이지요.

　그뿐만이 아닙니다. '거안제미(擧案齊眉)'라는 고사성어가 있는데, 이것은 남편이 일을 마치고 돌아오면 아내가 밥상을 눈썹 위까지 들어 올려 바치면서 깍듯하게 모셨다는 이야기에서 나왔답니다.

　그런데 한번 생각해 볼까요? 사 씨를 현모양처로 칭찬하고, 거안제미란 말을 즐겨 쓴 건 누구일까요? 대부분 남성들일 겁니다. 좀 더 구체적으로 말하면 조선의 사대부였지요. 당시의 핵심 지배층 말입니다.

이들은 부부를 평등한 존재로 인식하지 않았어요. 여필종부[*],
칠거지악[*]이란 말처럼 아내는 남편을 따라야 했고, 잘못이 있을
땐 쫓겨날 수 있었지요. 그랬기에 여성은 소극적이고 수동적이며
항상 침묵하고 인내해야 했습니다.

하지만 계월은 달랐습니다. 뛰어난 능력을 바탕으로 나라를 위
기에서 구하고 남편을 쥐락펴락하지요. 계월이 보국의 무릎을 꿇
리거나 애첩 영춘을 단칼에 베어 버리는 장면은 파격적이기까지
합니다.

계월은 남편을 '섬기던' 기존의 관습을 따르지 않습니다. 또한
남성 중심 사회의 부조리함을 통쾌하게 파헤치지요. 그녀의 모습을
보며 당시 여성들이 '사이다' 같은 시원함을 느낀 건 당연했겠지요.

● 여성 영웅 소설은 어떻게 등장하게 되었을까?

앞서 보았듯이 조선은 엄격한 가부장제 사회였어요. 하지만 가
치란 시대 상황에 따라 변하기 마련이지요.

임진왜란과 병자호란으로 수많은 사람이 죽고, 집이 불탔으며,

---

* **여필종부** 아내는 반드시 남편을 따라야 한다는 말.
* **칠거지악** 예전에, 아내를 내쫓을 수 있는 이유가 되었던 일곱 가지 허물.

여인들이 다른 나라로 끌려갔어요. 그러나 당시 집권층은 아무런 대책도 마련하질 못했지요. 이에 남성 중심 사회의 무능함을 비판하는 목소리가 점점 높아집니다. 또한 여성의 권리와 가치를 지키고자 하는 의식도 확대되지요.

게다가 조선 후기에는 천주교와 동학*이 크게 퍼졌는데요. 둘 다 평등사상을 내세우며 남녀가 다르지 않다는 점을 강조합니다. 특히 동학의 인내천(人乃天) 사상은 '사람이 곧 하늘'이란 의미로, 여성을 동등한 사람으로 인식하고 있지요.

더불어 조선 후기에 상공업이 발달하면서 책의 제작과 판매에도 변화가 생겼어요. 예전에는 필사본이라 하여 책을 손으로 직접

* **동학** 1860년에 최제우가 만든 민족 종교.

베껴 썼는데요. 소설에 대한 수요가 점점 늘면서 아예 판매를 목적으로 나무에 글자를 새겨 찍어 낸 뒤 팔았지요. 또한 책을 빌려주고 돈을 받았던 책방과 여러 지역을 돌아다니며 소설을 직업적으로 읽어 주는 사람(전기수)도 등장했지요.

그랬기에 조선 후기로 올수록 많은 사람들이 소설을 접하게 됩니다. 특히나 여성이 주요 독자층으로 떠오르면서, 이들의 생각과 바람을 담은 작품들이 계속 나옵니다. 《홍계월전》을 비롯해 《박씨전》, 《정수정전》* 같은 여성 영웅 소설이 등장하게 된 배경이지요.

* 《박씨전》은 못생긴 박씨 부인이 허물을 벗고 미인이 되어 외적을 물리친다는 내용의 소설이며, 《정수정전》은 정수정이라는 여주인공이 남장을 하고 장군이 되어 나라에 큰 공을 세운다고 하는 여성 영웅 소설이다.

한 걸음 더 영웅의 일대기 구조

고귀한 혈통 – 비정상적 출생 – 비범한 능력 – 어렸을 때의 위기(1차 위기)
– 구출 및 양육 – 성장 후의 위기(2차 위기) – 고난 극복과 행복한 결말

일반적으로 '영웅의 일대기 구조'는 위와 같은 일곱 단계를 거칩니다.
《홍계월전》 역시 이 구조를 잘 따르고 있는데요. 함께 볼까요?
1. 계월은 명문 가문인 이부 시랑 홍무의 딸입니다. (고귀한 혈통)
2. 계월의 어머니는 선녀가 죄를 지어 인간 세상에 내려왔다는 꿈을 꾼 뒤 딸을 낳지요. (비정상적 출생)

3. 총명했던 계월은 어려서부터 글을 읽고 한 번 배운 것은 절대 잊지 않습니다. 훗날 과거에도 급제하지요. (비범한 능력)

4. 다섯 살이 된 그녀에게 시련이 닥칩니다. 장사랑의 반란 때 물에 빠진 뒤 부모와 헤어지게 된 것이죠. (1차 위기)

5. 다행히 그녀는 여공에게 구출되어 보국과 함께 남자로 자랍니다. (구출 및 양육)

6. 그러나 여자임이 밝혀지고, 시집간 뒤 남편과 갈등을 겪게 되지요. 나라에 반란이 다시 일어납니다. (2차 위기)

7. 하지만 계월은 적을 물리치고, 보국과의 갈등도 해소합니다. 이후 부귀영화를 누리는 것으로 작품은 끝나지요. (고난 극복과 행복한 결말)

2
교시

고전으로 토론하기

● **계월은 왜 남장을 해야만 했을까?**

생각 주제 열기

> 여성이 남장(男裝)을 하는 고전 작품은 많습니다. 《정수정전》, 《이봉빈전》[*]
> 등 여러 여성 영웅 소설에선 주인공이 남장을 하고 활약하지요.
>
> 그런데 궁금합니다. 왜 여성들은 남자 옷을 입어야 했을까요? 여기에는 또
> 다른 차원의 문제가 있지 않을까요? 그리고 이것이 현대의 우리에게 주는 메
> 시지는 뭘까요?
>
> 이번 시간에는 《홍계월전》을 통해 그 답을 생각해 보고자 해요. 친구들과
> 함께하는 이야기 마당으로 여러분을 초대합니다.

[*] **《이봉빈전》** 남장한 여성이 무술로 위기에 처한 나라를 구하고 부모의 원수를 갚는다는 내용의
소설.

옷에 담긴 의미는 무엇일까?

쌤 반갑습니다, 여러분. 잠시 자기소개부터 할까요?

재 희 안녕하세요, 재희라고 합니다. 얼마 전에 《홍계월전》을 읽고 완전 팬이 되었답니다. 호호. 궁금한 점도 많고, 배우고 싶은 것도 많아서 토론에 참석했어요.

쌤 그래요. 이 시간이 도움이 되었으면 하네요. 자, 다음은?

동 우 안녕하세요. 동우입니다. 저도 작품 재미있게 읽었답니다.

쌤 그래요. 반갑습니다. 이번 시간에는 《홍계월전》에 담긴 남장의 의미를 살펴보고자 합니다. 간단한 문제 같지만, 사실은 여러 차원에서 생각해 볼 수 있는 주제이거든요. 그 전에 한 가지 묻고 싶네요. 재희는 혹시 남자 옷 입어 본 적 있나요?

재희 네에? 아니요! 절대로요.

동우 강하게 부정하는 게 괜히 의심스러운데? 크크.

재희 야. 그렇게 말하는 네가 더 의심스럽거든? 혹시 넌 여자 옷 입어 본 거 아니야?

동우 헉. 갑자기 이상한 사람으로 만드네. 그런 적 없거든요?

쌤 하하, 가볍게 던진 질문이니까 너무 심각하게 받아들이지 않았으면 좋겠네요. 그런데 역사적으로도 여성이 남장했던 기록은 곳곳에 남아 있습니다. 주로 전쟁에서 피란을 다니거나, 먼 길을 떠날 때 그랬지요.

동우 아무래도 안전 때문이었겠죠.

쌤 그래요. 전쟁 땐 세상이 흉흉했으니까요. 여인의 몸으로 밖을 돌아다니긴 위험했을 겁니다. 아무튼 여자가 남장한 건 무척 예외적인 경우이지요. 그런데 계월은 한평생을 남장한 채로 살고자 합니다. 왜 그랬을까요?

재희 과거를 보고 관직에 오르고 싶었으니까요.

동우 맞아. 게다가 군대를 이끌고, 공도 세우려 했지요.

쌤 좋습니다. 다들 작품을 잘 기억하고 있네요. 한 가지 묻지요. 혹시 수능을 보기 위해 여학생이 남자 옷으로 몰래 갈아입었다는 뉴스를 들어 본 적 있나요?

재희 네? 아니요. 호호.

쌤 그럼 공무원 면접시험에서 남자로 몰래 분장한 여자의 이야기는요?

동우 크크. 들어 본 적은 없지만 생각만 해도 재미있네요.

쌤 그래요. 이런 뉴스가 없는 건 여성이 수능을 보거나 공무원이 되는 데 제한을 받지 않기 때문입니다. 만약 여성이라는 이유로 시험 응시를 제한한다면 커다란 반발에 부딪힐 테지요. 우리 상식과 맞지 않는 일이니까요.

그런데 계월이 살던 시대에는 그렇지 않았습니다. 여성은 과거를 볼 수 없었고, 특별한 일을 제외하고는 관직에 나아가는 일도 드물었지요. 게다가 군대의 장수가 된다는 건 상상조차 할 수 없는 일이었습니다.

재희 음…… 맞는 말씀이에요. 역사적인 위인을 살펴봐도 여성은 남성보다 훨씬 적지요.

쌤 그래요. 사회 진출이 거의 불가능했으니까요. 계월 역시 이를 알았습니다. 그랬기에 그녀는 '계월'이란 자기 이름을 다섯 살 이후로 사용하지 않습니다. 그리고 계속해서 남자아이로 살아가지요. 즉, 그녀는 '그녀'가 아닌 '그'여야만 했던 겁니다.

동우 정말 그렇네요.

쌤 여러분도 알다시피 계월은 능력자입니다. 나이 열다섯 살에 과거 시험에 장원 급제했지요. 부모를 잃고, 자기 목숨마저 잃을 뻔

했다가 겨우 구출되었던 다섯 살 때의 상
황을 떠올려 봐요. 힘든 상황 속에서도 밤낮으로
학문을 익힌 것이지요. 게다가 그녀는 뛰어난 무술
실력도 갖추었어요. 나중에는 대원수, 즉 군사를 통
솔하는 최고 책임자가 되어 적군을 물리치고 나라
를 구합니다. 계월은 말 그대로 문무(文武)를 겸비한
인재였지요. 그러나 이 모든 건 '평국'이라는 남성이라서
가능했습니다.

재희 생각해 보면 사회가 참 문제인 것 같아요. 능력을 발휘하기
위해 자기 정체성을 바꿔야 했으니까요.

쌤 그래요. 재희가 중요한 얘기를 꺼냈네요. 이제 좀 더 넓은 차원
에서 이야기를 해 보지요.

계월이 남장해야 했던 이유는 무엇일까?

쌤 재희는 이 작품에서 가장 재미있는 부분이 어디였나요?

재희 아! 거기요. 결혼식 전에 계월이 군대의 예의를 차린다며 보
국을 불러 으름장을 놓잖아요. 또 보국이 적에게 목숨을 잃을 뻔했
는데, 다행히 계월이 구출해 주고요.

동우 넌 꼭 남자 망신당하는 부분만 재미있지? 그치?

재희 어떻게 알았니? 호호.

쌤 하하. 좋습니다. 그런데 우리가 생각해 볼 부분이 있습니다. 바로 결혼 전후로 바뀌는 보국의 태도인데요. 본래 계월과 보국은 동고동락한 사이입니다. 어려서부터 함께 자랐고, 둘 다 과거 시험을 보았으며, 같이 관직에 나아갔지요. 계월이 좀 더 앞서긴 했지만요. 둘은 전장에서도 함께였습니다. 비록 보국은 계월을 상관으로 모셨지만, 여기에 아무런 불만도 없었습니다. 오히려 계월의 명령을 받들며, 위기에 빠진 자신을 구해 준 것을 고마워했지요.

하지만 문제는 계월의 정체가 밝혀진 이후입니다. 사실 계월이 여자라는 걸 제외하고는 달라진 게 아무것도 없지요. 그러나 이 사실을 안 보국은 이전과 다르게 행동합니다. 재희도 얘기했지만, 계월이 혼례 전에 군대의 예의를 갖춘 것 기억나지요?

동우 네. 결혼식 전에 난리를 부리지요.

쌤 하하. 계월은 군사를 이끌고 보국의 처소까지 가서 그를 불러요. 하지만 보국은 상관의 명령을 여자인 계월의 명령이라 생각하며 늑장을 부리다가 망신을 톡톡히 당합니다. 또한 보국은 계월이 애첩을 죽였을 땐 길길이 날뛰지요. 특히 남편의 권위를 내세우며 아내의 행동을 비난하는데요. '대장부가 어찌 계집에게 굴복한단 말입니까?'라는 그의 말에는 남성 우월 의식이 담겨 있지요.

재희 맞아요. 그래서 별거까지 하잖아요. 에휴…… 치졸하긴.

동우 치졸하다니……. 아무리 그래도 남자로서 자존심이 있지. 저렇게 무시당하고 어떻게 같이 살아?

재 희 그럼 남자의 자존심을 지켜 주기 위해 여자가 굴복하는 게 당연하다는 거야?

동 우 에이, 그런 의미가 아니잖아.

쌤 자자, 여기도 무척 치열하네요. 그런데 궁금합니다. 왜 계월은 그렇게까지 했을까요?

동 우 성격이 너무 드세서 그래요. 쯧쯧.

재 희 어머, 꼭 보국처럼 말하네.

쌤 하하. 물론 개인의 성격 문제로 볼 수도 있습니다. 하지만 좀 더 크게 생각해 보지요. 그녀는 알고 있었습니다. 남성 중심의 사회에서 여성이라는 이유만으로 억압받았던 것을요. 어려서부터 그녀가 남장을 한 건 이런 상황에 맞서 싸우기 위한 부득이한 선택이었을 겁니다. 즉, 자신에게 주어진 운명에 순응하지 않고 맞서 바꾸려는 '의지'로 볼 수 있지요.

재 희 의지……. 맞아요. 저도 공감해요.

쌤 그렇습니다. 남장은 단지 옷을 바꿔 입는 행위 이상의 의미를 지닌답니다. 게다가 정체가 탄로 난 뒤에도 전장에 나가 활약한 것 기억나지요? 이는 여성의 능력이 결코 남성에 뒤지지 않으며, 오히려 남성을 능가한다는 사실을 은연중에 강조하는 것으로도 볼 수 있지요.

동우 그렇군요. 정말 중요한 건 옷이 아니라 능력이네요.

과거를 살펴 현재를 바라보다

쌤 자, 작품은 다행스럽게도 해피엔딩으로 마무리됩니다. 계월의 능력을 보국이 인정하는 것으로 말이에요.

재희 쌤! 그런데 전 결말에 조금 문제가 있다고 봐요.

쌤 어떤 문제인지 말해 볼래요?

재희 계월이 뛰어난 능력을 지닌 건 맞아요. 그런데 달리 생각하면 계월의 '능력'이 인정받은 거지, 여성이라는 '존재'가 인정받는 건 아니잖아요. 여성의 관직 진출이 가능하게 바뀐 것도 아니고, 남존여비라는 사회적 인식도 그대로니까요.

동우 맞아. 계월이 활약할 수 있었던 건 남장했기 때문이지만, 그게 여성의 지위를 근본적으로 바꾸진 못했지.

쌤 아주 훌륭합니다. 그래요. 계월이 남장했다는 건, 뒤집어 생각하면 여성의 몸으로는 사회에 진출할 수 없었다는 논리이지요. 게다가 작품에는 사회에 대한 문제의식도 적극적으로 드러나지 않습니다. 어쩌면 한계라고 볼 수도 있겠지요.

재희 그래도 시대를 고려한다면 이 정도만 해도 충분히 파격적인 것 같아요.

동우 그건 인정!

쌤 하하. 그래요. 이제 우리에게 중요한 건 현재입니다. 과연 지금은 어떨까요? 남장을 해야 했던 시대와는 완전히 달라졌을까요?

동우 물론이죠! 우리 아빠도 집에서 설거지하시거든요. 크크.

재희 야, 그런 질문이 아니잖아. 음…… 제 생각엔 많이 나아진 것 같지만 아직 미흡한 점도 분명 있어요.

동우 그게 뭔데?

재희 바로 인식이지. 방금도 네 말엔 '설거지는 원래 여자가 하는 거다.'라는 생각이 깔려 있잖아.

동우 엥? 설거지는 보통 여자가 하잖아? 아니면 식기세척기인가?

재희 야, 집안일에 남녀가 어디 있어? 그리고 어떤 일은 남자만, 혹은 여자만 해야 한다고 나누어 생각하는 것도 잘못이지.

쌤 그래요. 일에 남녀 구분을 두는 건 바람직하지 않지요. 몇몇 특수한 일을 제외한다면 말이에요.

'금녀(禁女)'라는 말이 있습니다. '여자의 출입이나 접근을 금한다.'라는 의미인데요. 현대에도 여성들의 사회 진출은 쉽지 않았어요. 사관학교에 여학생이 들어갈 수 있게 된 건 1997년이에요. 불과 20여 년 전이지

요. 그리고 조선·정유 업계에서 여성 임원의 비중은 0.72%밖에 되지 않고요.(2018년 기준) 법조계, 금융권, 정치권 역시 고위층으로 올라갈수록 여성의 비율은 현저히 적어집니다.

게다가 경제적인 차이도 무시할 수 없어요. 성별 간 임금 격차는 2017년 기준 남성이 100일 경우, 여성이 약 63이에요. 우리나라 여성이 남성보다 약 37% 정도 임금을 덜 받는다는 뜻이지요. 이는 이웃나라 일본(25.7%)과 10% 이상 차이 날 뿐 아니라, OECD* 주요 회원국 중 남녀 임금 격차가 가장 크답니다.

동우 아직은 갈 길이 멀군요.

쌤 그렇습니다. 우리가 고전을 읽는 이유는 과거를 통해 현재를 바라보고 미래를 준비하기 위해서입니다. 《홍계월전》을 읽으며 우리는 현대의 '계월'이 없는지 살펴봐야 합니다. 불합리한 제도와 관습 때문에 피해를 받는 경우는 없는지 말이에요. 만약 그런 부분이 있다면 꼭 해결해 가야겠지요. 이것은 우리 모두의 몫일 겁니다. 자, 마치겠습니다.

재희·동우 감사합니다!

* OECD '경제 협력 개발 기구'로 세계 경제의 협력을 위해 만들어진 국제기구.

고전과 함께 읽기

여기서는 《홍계월전》과 관련해 함께 보면 좋은 책이나 영화 등을 소개합니다. 다양한 작품을 통해 이해의 폭을 넓히고 재미를 느껴 보길 바랍니다.

소설 《82년생 김지영》 변해야 할 것은 제도만이 아니다

김지영 씨가 회사를 그만둔 2014년, 대한민국 기혼 여성 다섯 명 중 한 명은 결혼, 임신, 출산, 어린 자녀의 육아와 교육 때문에 직장을 그만 두었다. 한국 여성의 경제 활동 참가율은 출산기 전후로 현저히 낮아지는데, 20~29세 여성의 63.8퍼센트가 경제 활동에 참가하다가 30~39세에는 58퍼센트로 하락하고, 40대부터 다시 66.7퍼센트로 증가한다.

– 《82년생 김지영》(민음사) 145~146쪽

▲ 《82년생 김지영》의 표지 이미지

　82년생 김지영 씨는 남편과 딸 하나를 둔 삼십 대 주부입니다. 평범한 집안에서 자라 대학을 졸업한 뒤 직장 일을 하다가 아이를 낳으며 그만둔, 우리 주변에서 쉽게 볼 수 있는 여성이지요.

　그런데 어느 날 이상한 일이 벌어집니다. 그녀가 다른 사람으로 빙의*해 말하는 건데요. 시댁 식구들이 모인 자리에선 친정 엄마로, 또 어느 날은 남편의 결혼 전 애인이 되어 속말을 내뱉지요. 이에 남편은 아내에게 정신과 상담을 받게 합니다. 상담 치료를 받으면서 김지영 씨는 지금까지 살아온 여자로서의 삶을 돌아보지요.

　소설은 의사가 그녀의 인생을 재구성한 리포트 형식이에요. 그곳에는 여자이기 때문에 포기해야 했고, 차별당하며, 제대로 평가받지 못한 삶이 세세히 드러납니다. 대한민국 또래의 여자라면 누구라도 한두 번씩 겪었을 법한 일들이지요.

　세상이 참 많이 바뀌었다. 하지만 그 안의 소소한 규칙이나 약속이나

* **빙의** 영혼이 옮겨 붙음.

습관들은 크게 바뀌지 않았다. 그래서 결과적으로 세상은 바뀌지 않았다. 김지영 씨는 혼인 신고를 하면 마음가짐이 달라진다는 정대현 씨의 말을 다시 한 번 곱씹었다. 법이나 제도가 가치관을 바꾸는 것일까, 가치관이 법과 제도를 견인하는 것일까.　　　　　－《82년생 김지영》(민음사) 132쪽

우리나라에서 '남녀 차별 금지 및 구제에 관한 법률'이 시행된 건 1999년이에요. 그 뒤 여성의 권리와 양성평등 의식을 높이기 위해 여성부가 신설되었지요. 하지만 여러 변화에도 불구하고, 우리 내면에 자리 잡은 성차별적 요소는 지금까지도 존재해요. 제도 변화와 더불어 의식의 개선이 절실한 때입니다.

매년 3월 8일은 세계 여성의 날입니다. 2018년, UN은 10억 명 이상의 세계 여성이 가정 폭력과 성폭력으로부터 제대로 보호받지 못하고, 남성과의 임금 차이도 23%나 된다고 밝혔습니다. 또한 지속 가능한 발전을 위해서는 성평등 문제가 해결되어야 함을 강조하지요. 지금이야말로 우리의 관심과 노력이 절실한 순간입니다.

영화 〈히든 피겨스〉 차별과 편견을 극복한 세 여성의 이야기

우리가 앞서갈 기회가 생기면 결승선을 옮긴다니까!

▲ 〈히든 피겨스〉 포스터

이 영화는 우주 탐사 경쟁이 심화되던 미·소 냉전 시대*를 배경으로 합니다. 1957년 소련은 세계 최초의 인공위성인 스푸트니크를 발사하는 데 성공합니다. 4년 뒤인 1961년에는 사람이 탄 유인 인공위성 발사에도 성공하지요. 그러자 미국은 조바심이 납니다. '소련은 되는데 왜 우리는 안 되나?'라는 생각으로, 소련을 따라잡아야 한다는 인식이 커지지요. 심지어 1961년엔 존 F. 케네디 대통령이 10년 이내에 인간을 달에 보내겠다고 선언까지 합니다.

하지만 우주선을 쏘아 올리는 건 보통 일이 아닙니다. 비용도 비용이지만, 과학과 수학, 공학 등 첨단 지식이 필요했으니까요. 이것을 가능케 하려면 인재를 발굴하는 게 무엇보다도 급선무였지요.

---

* 미국을 중심으로 하는 자본주의 세력과 소련을 중심으로 하는 사회주의 세력이 서로 힘겨루기를 하던 시대.

　이런 상황에서 캐서린 존슨과 메리 잭슨, 도로시 본 – 이들 셋은 나사(NASA) 최초의 우주 궤도 비행 프로젝트에 선발됩니다. 다들 천부적인 두뇌와 재능을 지닌 인재였지요.

　그러나 문제가 있었습니다. 이들은 흑인 여성이었습니다. 그랬기에 NASA에서조차 흑인이라서, 또한 여성이라서 무시당하고 차별당하지요.

　영화는 이들이 겪는 어려움을 잘 보여 줍니다. 셋은 800m나 떨어진 유색 인종 전용 화장실을 사용해야 했고, 여자라는 이유로 회의에 참석할 수 없었지요. 또한 버스를 타거나 책을 빌릴 때도 흑인이라는 것 때문에 어려움을 겪습니다. 실제로 1960년대에는 버스에 백인 전용 칸이 있었으며, 흑인 여성이 여기에 앉았다가 승차를 거부당하는 일이 있었습니다. 또한 정부로부터 흑인 입학을 명령받은 학교가 자진 폐교하는 일도 있었지요.

NASA가 여성에게 일을 맡긴 이유는 우리가 치마를 입어서가 아니라 안경을 썼기 때문이에요.

계속되는 편견과 차별에도 이들은 굴하지 않습니다. 그리고 우주 궤도 비행을 위한 수학 공식을 찾아내는 등 뛰어난 능력을 보여 주지요. 이러한 노력들은 존재를 인정받는 중요한 계기로 작용합니다. 결국 NASA 직원은 그녀들을 동료로 받아들이며, 셋은 우주를 향한 자신의 꿈을 이루지요.

▲ 〈히든 피겨스〉 포스터

이 영화는 실제 사건을 바탕으로 합니다. 물리학자인 캐서린 존슨은 수학에 대한 재능이 뛰어나 아폴로 11호 발사에도 기여했어요. 메리 잭슨은 최초의 여성 흑인 엔지니어이며, 도로시 본 역시 IBM 컴퓨터 사용법을 익힌 뛰어난 흑인 여성 프로그래머이지요.

그녀들이 겪은 어려움은 영화보다 실

제 현실에서 훨씬 심했을 겁니다. 차별과 멸시가 일상적이었기에 그 위치에 이르기까지 얼마나 치열하게 살았을지 생각해 봅니다. 어쩌면 그녀들이 대단한 건 천재라서가 아니라, 포기하지 않아서일지도 모르겠네요. '숨겨진 인물들'이라는 영화 제목처럼 모두가 떳떳하게 자기 능력을 맘껏 발휘할 세상이 되었으면 합니다.

> 계월 역시 다른 의미에서 '숨겨진 인물'이었습니다. 능력을 발휘하기 위해 여성이라는 자기 정체성을 오랫동안 숨겨야만 했으니까요. 현실에서 많은 사람이 차별과 편견의 '벽'을 넘지 못하고 아픔을 겪었을 것입니다. 이 벽을 허물기 위한 노력은 지금도, 또 앞으로도 계속되어야겠지요.

소설 《제인 에어》 내 삶의 주인은 나 자신이야!

제가 가난하고 미천하고 못생겼다고 해서 영혼도 감정도 없다고 생각하세요? 잘못 생각하신 거예요! 저도 당신과 마찬가지로 영혼도 있고 꼭 같은 감정도 가지고 있어요.

샬럿 브론테가 쓴 《제인 에어》는 1847년에 발표되었습니다. 주인공 제인은 어려서 부모를 잃고 외삼촌 집에 맡겨집니다. 하지만 외삼촌도 곧 세상을 뜨자, 외숙모와 사촌들로부터 구박받지요.

▲ 샬럿 브론테

　8년 동안 지낸 학교도 쉽지 않았습니다. 그곳에선 소녀들의 개성을 짓밟고, 복종을 강요했으니까요. 자유로운 영혼의 제인은 학교를 나와 손필드 저택에서 가정 교사로 일하다가 저택 주인인 로체스터와 사랑에 빠집니다. 신분과 나이 차이가 있었지만, 그것이 진정한 사랑을 가로막진 못했지요. 둘은 결혼까지 약속합니다.

　그러나 문제가 생깁니다. 그에게 정신병을 앓는 아내가 있던 것이지요. 진정으로 사랑했기에 그 충격과 배신감은 컸습니다. 제인은 집을 나와 먼 길을 떠납니다. 그리고 세인트 존 리버스라는 남자의 도움을 받아 정착하지요. 그는 선교사가 되어 인도로 떠나려 합니다. 그리고 제인에게 프러포즈하며 자신의 아내로서 같이 가자고 요청하지요.

　제인은 그 제안을 받아들이려 합니다. 그런데 그 순간 목소리를 듣지요. 자신을 부르는 로체스터의 다급한 목소리를요.

　사실 그것은 환청이었습니다. 그러나 아무 문제가 되지 않았지요. 제인은 황급히 뛰어나와 곧장 손필드로 향합니다. 그리고 그곳에서 로체스터 아내의 방화와 죽음, 그녀를 구하러 불 속에 뛰어들었다가 한쪽 손과 두 눈을 잃은 로체스터의 소식을 듣게 되지요.

제인은 그를 찾아 나섭니다. 그리고 결국 다시 만나 서로의 사랑을 확인하지요. 둘이 아들을 낳고 행복한 가정을 꾸리는 것으로 작품은 끝납니다.

독자여, 나는 그와 결혼했노라.

진정한 사랑을 찾아 선언하는 그녀의 모습이 당당하고도 눈부시지요. 이 작품의 배경이 된 19세기 영국은 조선 사회와 별반 다르지 않았습니다. 가부장적 분위기에서 여성은 순응하고 인내하며 희생해야 했지요. 가정과 남성에 헌신함으로써 여성은 존재의 의미를 찾을 수 있었습니다.

하지만 제인은 스스로를 자신의 주인이라고 말합니다. "내가 나 자신을 소중히 여겨야지. 고독하고 벗도 없고 의지할 데가 없을수록 더욱더 나 자신을 존중할 거야."라는 말처럼요. 억압에 굴하지 않고, 부당한 대우에 분노하며, 주체적인 삶을 살아가는 제인 에어. 이런 열정이 《제인 에어》를 오늘날까지도 고전으로 남게 한 원동력일 것입니다.

계월은 남성 중심의 시대에 맞서 자기 뜻을 굽히지 않고 당당하게 살았습니다. 제인 에어 역시 세상과 갈등했지만 스스로에게 용기를 북돋으며 어려움을 헤쳐 나갑니다. 이런 '주체성'이야말로 우리가 꼭 가져야 할 가치가 아닐까 싶네요.

물음표로 따라가는 인문고전 14

홍계월전 왜 남자로 살고 싶었을까?

ⓒ 박진형 순미, 2019

1판 1쇄 발행일 2019년 3월 15일 | **1판 2쇄 발행일** 2023년 11월 10일

글 박진형 | **그림** 순미
펴낸이 권준구 | **펴낸곳** (주)지학사
본부장 황홍규 | **편집장** 김지영 | **편집** 박보영 이지연 | **디자인** 디자인앨리스 이혜리
마케팅 송성만 손정빈 윤술옥 박주현 | **제작** 김현정 이진형 강석준 오지형
등록 2010년 1월 29일(제313-2010-24호) | **주소** 서울시 마포구 신촌로6길 5
전화 02.330.5263 | **팩스** 02.3141.4488 | **이메일** arbolbooks@jihak.co.kr
ISBN 979-11-6204-050-8 44810
ISBN 979-11-85786-85-8 44810 (세트)
잘못된 책은 구입하신 곳에서 바꿔 드립니다.

제조국 대한민국   사용연령 10세 이상
KC마크는 이 제품이 공통안전기준에 적합하였음을 의미합니다.

지학사아르볼 아르볼은 '나무'를 뜻하는 스페인어. 어린이들의 마음에
담긴 씨앗을 알찬 열매로 맺게 하는 나무가 되겠습니다.

홈페이지 www.jihak.co.kr/arb/book | **포스트** post.naver.com/arbolbooks